# ACADEMIA DOS CASOS ARQUIVADOS

SÉRIE OS NATURAIS – LIVRO 1

# JENNIFER LYNN BARNES

# ACADEMIA DOS CASOS ARQUIVADOS

SÉRIE OS NATURAIS – LIVRO 1

Tradução
**Regiane Winarski**

Copyright © 2013 by Jennifer Lynn Barnes
Copyright da tradução © 2024 by Editora Globo S.A.

Os direitos morais da autora foram garantidos.

Todos os direitos reservados. Nenhuma parte desta edição pode ser utilizada ou reproduzida — em qualquer meio ou forma, seja mecânico ou eletrônico, fotocópia, gravação etc. — nem apropriada ou estocada em sistema de banco de dados sem a expressa autorização da editora.

Título original: *The Naturals*

Editora responsável **Paula Drummond**
Editora de produção **Agatha Machado**
Assistentes editoriais **Giselle Brito e Mariana Gonçalves**
Preparação de texto **Isabel Rodrigues**
Diagramação e adaptação de capa **Carolinne de Oliveira**
Projeto gráfico original **Laboratório Secreto**
Revisão **Bárbara Morais**
Ilustração de capa © 2023 by Katt Phatt
Design de capa original **Karina Granda**

Texto fixado conforme as regras do Acordo Ortográfico da Língua Portuguesa (Decreto Legislativo nº 54, de 1995)

CIP-BRASIL. CATALOGAÇÃO NA PUBLICAÇÃO
SINDICATO NACIONAL DOS EDITORES DE LIVROS, RJ

B241a

    Barnes, Jennifer Lynn
        Academia dos casos arquivados / Jennifer Lynn Barnes ; tradução Regiane Winarski. - 1. ed. - Rio de Janeiro : Alt, 2024.
            (Os naturais ; 1)

    Tradução de: The naturals
    ISBN 978-65-85348-45-4

    1. Romance americano. 2. Ficção policial. I. Winarski, Regiane. II. Título. III. Série.

24-87916
                                      CDD: 813
                                      CDU: 82-312.4(73)

Meri Gleice Rodrigues de Souza - Bibliotecária - CRB-7/6439

1ª edição, 2024 — 6ª reimpressão, 2025

Direitos de edição em língua portuguesa para o Brasil adquiridos por Editora Globo S.A.
R. Marquês de Pombal, 25
20.230-240 – Rio de Janeiro – RJ – Brasil
www.globolivros.com.br

*Para Neha, que entende a mente humana
e usa seus poderes para o bem,
não para o mal (na maioria das vezes)*

# PARTE UM:
# SABER

# Você

**Você escolheu e escolheu bem.** *Talvez seja essa que vai acabar te detendo. Talvez ela não seja como as outras. Talvez seja suficiente. A única certeza é que ela é especial. Você acha que são os olhos dela. Não a cor, um azul-gelo translúcido. Nem os cílios, o formato ou o fato de que ela nem precisa de delineador para deixá-los parecidos com os olhos de um gato.*

*Não, o que traz a plateia aos montes está escondido naquele azul-gelo. Você sente toda vez que olha para ela. A certeza. O conhecimento. Aquele brilho de outro mundo que ela usa para convencer as pessoas de que ela é mesmo tudo isso.*

*Talvez ela seja.*

*Talvez ela realmente veja algo. Talvez ela saiba das coisas. Talvez seja tudo que alega ser e mais ainda. Mas enquanto a encara e conta suas respirações, você sorri, porque, lá no fundo, sabe que ela não vai te deter.*

*Você não quer que ela te detenha.*

*Ela é frágil.*

*Perfeita.*

*Marcada.*

*E a única coisa que essa suposta médium não vai ver se aproximando é você.*

# Capítulo 1

**O horário de trabalho era ruim.** As gorjetas conseguiam ser ainda piores, e a maioria dos colegas de trabalho com certeza deixava algo a desejar, mas *c'est la vie, que será será*, insira aqui o clichê que você preferir. Era um emprego de verão, o que acabava fazendo a Nonna largar do meu pé e também impedia minhas várias tias, além dos meus tios e primos, de acharem que tinham que me oferecer um bico em seus restaurantes/açougues/escritórios de advocacia/lojas. Considerando a família enorme, muito extensa (e muito italiana) do meu pai, as possibilidades eram infinitas, mas acabava sendo sempre uma variação da mesma oferta.

Meu pai morava a meio mundo de distância. Minha mãe estava desaparecida, presumidamente morta. O que me tornava ao mesmo tempo problema de todo mundo e de ninguém.

Adolescente, presumidamente problemática.

— Pedido pronto!

Com uma naturalidade treinada, peguei na mão esquerda um prato de panquecas (com porção de bacon) e, na direita, um burrito de café da manhã partido ao meio (com jalapeño a parte). Se não me desse bem no vestibular de outono, teria um grande futuro trabalhando em lanchonetes por aí.

— Panqueca com porção de bacon. Burrito de café da manhã com jalapeño a parte. — Coloquei os pratos na mesa. — Os senhores gostariam de mais alguma coisa?

Antes que qualquer um dos dois pudesse abrir a boca, eu sabia exatamente o que diriam. O cara da esquerda ia pedir mais manteiga. E o da direita? Ia precisar de mais um copo de água antes mesmo de conseguir *pensar* naqueles jalapeños. Havia mais de 90% de chance de que ele nem gostasse. Homens que gostavam mesmo de jalapeño não pediam para vir separado. O sr. Burrito só não queria as pessoas achando que ele era fresco, mas a palavra que ele escolheria não seria exatamente *fresco*.

*Opa, calma aí, Cassie*, disse a mim mesma com firmeza. *Vamos manter o nível*.

Na maior parte do tempo eu não falava muito palavrão, mas tinha a péssima mania de acabar pegando o trejeito dos outros. Se me colocassem em uma sala cheia de ingleses, acabaria saindo com sotaque britânico. Não era de propósito, é só que ao longo dos anos eu tinha passado tempo demais entrando na cabeça das pessoas.

Ossos do ofício. Não o meu. O da minha mãe.

— Você pode me trazer mais uns pacotinhos de manteiga? — pediu o cara da esquerda.

Eu assenti… e esperei.

— Mais água — grunhiu o cara da direita, depois estufou o peito e olhou fixamente para os meus peitos.

Forcei um sorriso.

— Já volto com a água. — Por pouco consegui me segurar para não acabar acrescentando *tarado* no fim da frase.

Eu ainda tinha esperança de que um cara com vinte e muitos anos fingindo gostar de comida picante e fazendo questão de olhar descaradamente para o peito de garçonetes adolescentes como se estivesse treinando para a Olimpíada da Cafajestagem fosse igualmente generoso na hora da gorjeta.

*Por outro lado*, pensei quando fui buscar as coisas, *ele pode acabar sendo aquele tipo de cara que ignora a garçonete insignificante só para provar que pode.*

Fiquei pensando, distraída, nos detalhes daquela situação: o jeito como o sr. Burrito estava vestido; no que ele provavelmente trabalhava; o fato de que o amigo, que tinha pedido panqueca, estava usando um relógio bem mais caro.

*Ele vai brigar pra pagar a conta só para depois acabar dando uma merda de gorjeta.*

Eu esperava estar errada... mas tinha quase certeza de que não.

As outras crianças passaram a pré-escola cantando o abecedário, já eu cresci aprendendo outro tipo de alfabeto. Comportamento, personalidade, ambiente — minha mãe dava o nome de CPA, os truques do ofício dela. Pensar assim não era o tipo de coisa que dava para desligar, nem mesmo quando você já tinha idade para entender que, quando sua mãe contava às pessoas que era médium, era *mentira*, e quando ela botava a mão no dinheiro delas, era *estelionato*.

Mesmo agora que ela tinha desaparecido, eu não conseguia parar de interpretar as pessoas, da mesma forma que não conseguia parar de respirar, piscar ou fazer contagem regressiva dos dias até eu completar dezoito anos.

— Mesa para um? — Uma voz baixa e levemente brincalhona me trouxe de volta à realidade.

O dono da voz parecia o tipo de garoto que estaria mais à vontade em um country clube do que em uma lanchonete. Tinha a pele perfeita, o cabelo desgrenhado de um jeitinho artístico. Embora pronunciasse as palavras como se fossem uma pergunta, não eram, não de verdade.

— Claro — falei, pegando um cardápio. — Por aqui.

Uma observação mais atenta me revelou que Country Clube tinha a minha idade. Um sorrisinho brincava em suas feições perfeitas e ele andava com aquele gingado típico de quem pertencia à nobreza do ensino médio. Só de olhar para ele eu já me senti inferior.

**ACADEMIA DOS CASOS ARQUIVADOS** 13

— Aqui está bom? — perguntei, levando-o para uma mesa perto da janela.

— Está ótimo — disse ele, sentando-se na cadeira. Passou os olhos pelo salão, despreocupado e com uma autoconfiança inabalável. — Tem muito movimento aqui no fim de semana?

— Tem, sim — respondi. Estava começando a me perguntar se tinha perdido a capacidade de usar frases complexas. Pela expressão no rosto do garoto, ele devia estar pensando a mesma coisa. — Vou te dar um minutinho pra dar uma olhada no cardápio.

Ele não respondeu, e eu passei aquele minuto inteiro levando as contas, no plural, para o cara das panquecas e o cara do burrito. Achei que, se dividisse o total pela metade, talvez acabasse recebendo uma gorjeta mais ou menos decente.

— Quando quiserem pagar, é só me chamar — falei, um sorriso falso firmemente estampado no rosto.

Me virei em direção à cozinha e reparei no garoto perto da janela me observando. Não me olhava como quem diz "quero fazer o pedido". Na verdade, eu não estava entendendo direito o que aquilo significava... mas todos os ossos do meu corpo me diziam que era *alguma coisa*. Não conseguia afastar a sensação incômoda de que havia um detalhe importante que eu estava deixando passar em toda aquela situação, *nele*. Garotos assim não costumavam comer em lugares como aquele.

E não olhavam para garotas como eu.

Sem graça e cautelosa, atravessei o salão.

— Já decidiu o que vai querer? — perguntei. Não daria para escapar de anotar seu pedido, então deixei o cabelo cair sobre o rosto, atrapalhando a visão que o garoto tinha de mim.

— Três ovos — disse, os olhos cor de mel fixados no que ele conseguia ver dos meus. — Com panquecas. E presunto.

Eu não precisava anotar o pedido, mas de repente me vi desejando uma caneta só para ter alguma coisa para segurar.

— Como você quer os ovos? — perguntei.

— Me diz você.

As palavras do garoto me pegaram desprevenida.

— É o quê?

— Adivinha — disse ele.

Fiquei o encarando por entre as mechas de cabelo que ainda cobriam meu rosto.

— Você quer que eu adivinhe como você quer os seus ovos?

Ele abriu um sorriso.

— Por que não?

E, assim, o desafio foi lançado.

— Não mexidos — falei, pensando em voz alta. Ovos mexidos eram comuns demais, simples demais, e aquele cara gostava de ser meio diferente. Mas não tão diferente assim, o que acabava descartando o ovo pochê, pelo menos em um lugar como aquele. Um ovo frito de gema mole faria sujeira demais para ele; de gema dura não faria sujeira suficiente.

— Ovo frito de gema cremosa. — Eu tinha tanta certeza daquilo quanto da cor dos olhos dele.

Ele sorriu e fechou o cardápio.

— Vai me dizer se eu acertei? — perguntei. Não porque eu precisava de uma confirmação, mas porque queria ver como ele responderia.

O garoto deu de ombros.

— Qual seria a graça?

Eu queria ficar ali, observando-o até conseguir entendê-lo, mas não fiz isso. Na verdade, fui fazer o pedido dele. Levei a comida. O movimento da hora do almoço começou e, quando parei para dar uma olhada nele, o garoto da janela já tinha ido embora. Nem esperou a conta; só deixou vinte dólares na mesa. Já estava quase decidindo que ele podia me fazer brincar de adivinhar à vontade por uma gorjeta de doze dólares quando reparei que a conta não era a única coisa que ele tinha deixado.

Tinha também um cartão de visitas.

Eu o peguei. Era branquíssimo, com letras pretas bem espaçadas. No canto superior esquerdo havia um selo, mas com relativamente pouco texto: um nome, uma profissão e um número de telefone. No alto do cartão havia quatro palavras — quatro palavrinhas que me tiraram o fôlego de forma tão eficiente quanto um beliscão.

Guardei o cartão... e a gorjeta. Voltei para a cozinha. Recuperei o ar. E encarei novamente o cartão.

*Tanner Briggs*. O nome.

*Agente especial*. A profissão.

*Federal Bureau of Investigation*.

Quatro palavras, mas fiquei olhando para elas com tanta intensidade que minha visão embaçou e tudo que consegui ver foram três letras.

O que eu tinha feito para atrair a atenção do FBI?

# Capítulo 2

**Depois de um turno** de oito horas, meu corpo estava exausto, mas minha mente estava a todo vapor. Eu só queria me fechar no quarto, me jogar na cama e entender o que é que tinha acontecido naquela tarde.

Infelizmente, era domingo.

— Olha ela aí! Cassie, a gente já estava quase mandando os garotos irem atrás de você. — Minha tia Tasha estava entre os mais sensatos dos muitos irmãos do meu pai, então não perdeu tempo me perguntando se eu tinha arrumado um namorado para ocupar o tempo.

Essa era uma função do meu tio Rio.

— Nossa destruidorazinha de corações, hein? Anda partindo uns corações por aí? Claro que anda!

Eu era presença fixa nos jantares de domingo à noite desde que a assistência social tinha me deixado na porta do meu pai (metaforicamente, graças a Deus) quando eu tinha doze anos. Cinco anos depois, eu ainda não tinha escutado o tio Rio fazer nenhuma pergunta que ele não tivesse respondido logo em seguida.

— Eu não tenho namorado — falei. Esse era um roteiro já estabelecido e aquela era a minha fala. — Juro.

— Sobre o que estamos falando? — perguntou um dos filhos do tio Rio, sentando-se no braço do sofá da sala.

— Sobre o namorado da Cassie — respondeu o tio Rio.

**ACADEMIA DOS CASOS ARQUIVADOS** 17

Revirei os olhos.

— Eu *não tenho* namorado.

— O namorado secreto da Cassie — consertou o tio Rio.

— Acho que você está me confundindo com a Sofia e a Kate — falei. Em circunstâncias normais, eu não teria jogado nenhuma das minhas primas na fogueira, mas situações desesperadoras pedem medidas desesperadas. — É bem mais provável elas terem namorados secretos do que eu.

— Que nada — disse o tio Rio. — Os namorados da Sofia nunca são secretos.

E continuou assim: uma zoação bem-humorada, piadas familiares. Fiz meu papel, deixando a energia deles me contagiar, dizendo o que eles queriam ouvir, sorrindo do jeito que eles queriam ver. Foi um momento confortável, seguro e feliz, mas eu não estava sendo eu mesma.

Eu nunca era eu mesma.

Assim que tive certeza de que não perceberiam minha ausência, fui para a cozinha.

— Cassandra. Que ótimo. — Minha avó, com farinha até os cotovelos, o cabelo grisalho preso em um coque frouxo na nuca, abriu um sorriso carinhoso. — Como foi o trabalho?

Apesar da aparência de uma velhinha, Nonna comandava a família como um general guiando suas tropas. E, naquele momento, eu era a única fugindo da formação.

— O trabalho foi como sempre é — falei. — Não foi ruim.

Se eu não respondesse direito, no período de uma hora receberia dez propostas de emprego diferentes. A família cuidava da família... mesmo quando a "família" era perfeitamente capaz de se cuidar sozinha.

— Na verdade, até que hoje foi bom — falei, tentando parecer animada. — Uma pessoa deixou uma gorjeta de doze dólares.

*Além disso*, acrescentei em silêncio, *um cartão de visitas do FBI*.

— Que bom — disse Nonna. — Isso é bom. Você teve um dia bom.

— É, Nonna — falei, atravessando a cozinha para dar um beijo na bochecha dela, porque sabia que isso a deixaria feliz.

— Foi um bom dia.

Às nove, quando todos foram embora, o cartão parecia pesar como chumbo no meu bolso. Tentei ajudar Nonna com a louça, mas ela me mandou subir e, no silêncio do meu quarto, senti a energia sendo drenada de mim, como ar saindo pouco a pouco de um balão murchando.

Me sentei na cama, depois desabei. As molas velhas rangeram com o impacto, e fechei os olhos. Minha mão direita acabou indo parar dentro do bolso, e puxei o cartão.

Era uma piada. Só podia ser. Por isso que o garoto bonito com cara de frequentador de country clube me deu a sensação de estar deslocado. Por isso que ele se interessou: para debochar de mim.

*Mas ele não pareceu ser esse tipo de cara.*

Abri os olhos e prestei atenção no cartão. Desta vez, me permiti lê-lo em voz alta.

— Agente especial Tanner Briggs. *Federal Bureau of Investigation.*

Algumas horas no meu bolso não tinham mudado o texto do cartão. FBI? Sério? Quem aquele cara estava tentando enganar? Ele parecia ter dezesseis, no máximo dezessete anos.

Não ser um agente especial.

*Só especial.* Não consegui afastar esse pensamento, e instintivamente meus olhos acabaram desviando em direção ao espelho na parede. Uma das grandes ironias da minha vida era que eu tinha puxado todas as feições da minha mãe, mas nada da magia que as deixava tão harmônicas no rosto dela. Minha mãe era linda. Mas eu era estranha: tinha a aparência esquisita, um jeito calado estranho, era sempre a esquisitona que ficava sobrando.

Mesmo cinco anos depois, eu ainda não conseguia pensar na minha mãe sem acabar me lembrando também da última vez em que a vi, me expulsando do camarim com um sorriso largo estampado no rosto. Pensei no momento em que voltei para o camarim. No sangue: no chão, nas paredes, no espelho. Eu não tinha ficado fora por muito tempo. Abri a porta...

— Para de pensar nisso — falei para mim mesma, depois me sentei e encostei na cabeceira da cama, sem conseguir tirar da cabeça o cheiro de sangue e aquele instante em que sabia que era a minha mãe e ao mesmo tempo rezava para não ser.

E se essa coisa toda de agora fosse sobre *isso*? E se o cartão não fosse uma brincadeira? E se o FBI estivesse investigando o assassinato da minha mãe?

*Faz cinco anos*, falei para mim mesma. Mas o caso continuava em aberto. O corpo da minha mãe nunca foi encontrado. Com base na quantidade de sangue, era o que a polícia estava procurando desde o início.

Um corpo.

Virei o cartão nas mãos. Na parte de trás havia um bilhete escrito a mão.

**Cassandra**, dizia. POR FAVOR, ME LIGUE.

Só isso. Meu nome e o pedido para ligar escrito com letra de forma. Sem explicação. Sem nada.

Abaixo dessas palavras, outra pessoa tinha escrito um segundo conjunto de instruções com letras pequenas e apressadas, quase ilegíveis. Passei o dedo sobre as letras e pensei no garoto da lanchonete.

Talvez não fosse ele o agente especial.

*Então isso faz dele o quê? O mensageiro?*

Eu não sabia a resposta, mas as palavras escritas na parte de baixo do cartão saltaram aos meus olhos tanto quanto o POR FAVOR, ME LIGUE do agente especial Tanner Briggs.

*Se eu fosse você, não faria isso.*

# Você

**Você tem talento para esperar.** *Esperar o momento certo. Esperar a garota certa. Você a tem agora e, mesmo assim, está esperando. Esperando ela acordar. Esperando ela abrir aqueles olhos e te ver. Esperando ela gritar. E gritar. E gritar. Até perceber que ninguém pode ouvi-la além de você.*

*Você sabe como vai ser, como ela vai ficar irritada, depois assustada, até começar a jurar sem parar que, se você a deixar sair, ela não vai contar para ninguém. Ela vai mentir para você, vai tentar te manipular, e você vai ter que mostrar a ela, assim como mostrou a tantas outras, que não adianta.*

*Mas ainda não é o momento. Agora, ela ainda está dormindo. Linda, mas não tão linda quanto vai estar quando você terminar.*

# Capítulo 3

**Demorei dois dias,** mas acabei ligando para o número. Lógico que liguei, porque apesar de haver 99% de chance de ser um golpe, havia 1% de chance de não ser.

Só percebi que estava prendendo a respiração quando atenderam.

— Briggs falando.

Não consegui identificar o que me desarmou mais: o fato de pelo visto esse "agente Briggs" ter me dado seu número pessoal ou o jeito como ele atendeu o telefone, como se dizer "alô" fosse um desperdício de ar.

— Alô? — Como se conseguisse ler minha mente, o agente especial Tanner Briggs voltou a falar. — Tem alguém aí?

— Aqui é Cassandra Hobbes — falei. — Cassie.

— Cassie. — Algo na forma como o agente Briggs pronunciou meu nome me fez pensar que mesmo antes de eu ter dito qualquer coisa ele já sabia que eu não usava meu nome completo. — Que bom que você ligou.

Ele me esperou dizer mais alguma coisa, mas fiquei em silêncio. Tudo o que se dizia ou fazia era uma informação que você jogava no mundo, e eu não queria dar àquele homem mais do que eu precisava — não até saber o que ele queria de mim.

— Você deve estar querendo saber por que eu fiz contato com você... por que pedi ao Michael pra fazer contato com você. *Michael.* Então o garoto da lanchonete tinha nome.

— Eu tenho uma proposta que gostaria que você considerasse.

— Proposta? — Fiquei impressionada que a minha voz se manteve tão calma e estável quanto a dele.

— Acredito que devemos ter essa conversa pessoalmente, srta. Hobbes. Tem algum lugar onde você ficaria à vontade pra se encontrar comigo?

Ele sabia o que estava fazendo: me deixando escolher o local, porque se tivesse especificado um, talvez eu não aparecesse. Provavelmente eu deveria ter me recusado a encontrá-lo, mas não tinha como fazer isso, pelo mesmo motivo que precisei pegar o telefone e fazer a ligação.

Cinco anos era muito tempo para ficar sem achar um corpo.

Sem respostas.

— Você tem um escritório? — perguntei.

A breve pausa do outro lado da linha me fez pensar que ele não estava me esperando dizer isso. Eu poderia ter pedido que ele me encontrasse na lanchonete, em um café perto da escola ou em qualquer outro lugar dentro da minha zona de conforto, mas eu já tinha aprendido que não existia zona de conforto.

Dá para saber mais sobre um estranho vendo a casa dele do que convidando-o para a sua.

Além do mais, se aquele cara não fosse mesmo um agente do FBI, se fosse um pervertido e aquilo não passasse de um joguinho, achei que ele teria uma trabalheira danada para conseguir arrumar uma reunião no escritório do FBI da cidade.

— Eu não trabalho em Denver — respondeu, finalmente. — Mas vou dar um jeito.

Então provavelmente não era um pervertido.

Ele me deu o endereço. Eu dei o horário.

— E, Cassandra?

Fiquei me perguntando o que o agente Briggs estava achando que ia conseguir usando meu primeiro nome completo.

— Sim?

— Isso não é sobre a sua mãe.

Fui para a reunião mesmo assim. Lógico que fui. O agente especial Tanner Briggs sabia o bastante sobre mim para entender que o caso da minha mãe era o motivo para eu ter seguido as instruções no cartão e ligado. Eu queria saber como ele tinha conseguido essa informação, se tinha visto o arquivo dela na polícia, se *veria* o arquivo se eu desse a ele o que queria de mim.

— Qual andar? — A mulher ao meu lado no elevador tinha sessenta e poucos anos. O cabelo loiro prateado estava preso em um rabo de cavalo caprichado na altura da nuca e o terno tinha o caimento perfeito.

Bem profissional, assim como o agente especial Tanner Briggs.

— Quinto andar — falei. — Por favor.

Tensa, lancei outro olhar para a mulher e comecei a imaginar qual seria a história de vida dela pela forma como ela estava parada, as roupas, o leve sotaque, o esmalte claro nas unhas.

Era casada.

Sem filhos.

Quando começou a carreira no FBI, era um clube do bolinha. *Comportamento. Personalidade. Ambiente.* Eu praticamente conseguia ouvir minha mãe me guiando por essa análise improvisada.

— Quinto andar — disse ela num tom ríspido, e acrescentei mais uma informação a minha tabela mental: *impaciente.*

Saí obedientemente do elevador. A porta se fechou atrás de mim e dei uma olhada no ambiente. Parecia tão... *normal.* Se não fosse a verificação de segurança na entrada e o crachá de visitante sobre meu vestido preto desbotado, jamais imaginaria que aquele lugar dedicava-se a lutar contra crimes federais.

— E aí? Estava esperando um circo?

Reconheci a voz na mesma hora. O garoto da lanchonete. *Michael.* Ele parecia estar achando graça, e quando me virei para olhá-lo, ali estava aquele sorrisinho familiar em seu rosto, que ele provavelmente teria conseguido reprimir se quisesse.

— Eu não estava esperando nada — falei. — Não tenho nenhuma expectativa.

Ele me olhou como se entendesse.

— Sem expectativas, sem decepção.

Não consegui entender se ele estava analisando meu estado mental no momento ou se aquele era seu lema de vida. Na verdade, eu estava com dificuldade de entender qual era a personalidade dele: tinha trocado a camisa polo listrada por uma camiseta preta justa e a calça jeans por uma calça cáqui. Parecia tão deslocado ali quanto na lanchonete... como se talvez fosse esse o objetivo.

— Sabe de uma coisa? — disse ele em tom informal — Eu sabia que você viria.

Arqueei a sobrancelha.

— Apesar de você ter dito para eu não vir?

Ele deu de ombros.

— Meu escoteiro interior tinha que tentar.

Se aquele cara tinha um escoteiro interior, então eu tinha um flamingo interior.

— Então, você está aqui pra me levar até o agente especial Tanner Briggs? — perguntei. As palavras saíram secamente, mas pelo menos eu não parecia fascinada, encantada, nem mesmo um pouco atraída pelo som da voz dele.

— Hummm.

Em resposta à minha pergunta, Michael soltou um barulho baixinho, como quem não quer nada, e inclinou a cabeça: era o mais próximo de um sim que eu teria. Ele me guiou pela área fechada e depois por um corredor. Tapete neutro, paredes neutras, uma expressão neutra naquele rosto tão bonito que era quase um crime.

— E aí, o que Briggs descobriu sobre você? — perguntou Michael. Eu o sentia me observando, atrás de algum sinal de

ACADEMIA DOS CASOS ARQUIVADOS **25**

emoção, qualquer emoção que o informasse que sua pergunta tinha tocado em um ponto fraco.

Não tinha.

— Você está querendo me deixar nervosa — falei, porque estava na cara pelo jeito como ele falava. — E você me disse para não vir.

Ele sorriu, mas com uma pontinha de rigidez... uma arrogância.

— Acho que podemos dizer que sou contrário a isso.

Fiz um barulho debochado. Se é o que ele estava dizendo...

— Você não vai me dar nenhuma dica do que está acontecendo aqui? — perguntei quando nos aproximamos do fim do corredor.

Ele deu de ombros.

— Depende. Você vai parar com esse joguinho de quem faz a melhor cara de paisagem?

Deixei escapar uma gargalhada surpresa, e percebi que havia muito tempo que eu não ria por não conseguir me conter, e não porque a outra pessoa também estava rindo.

O sorriso de Michael perdeu aquele tom de arrogância e, por um segundo, sua expressão mudou completamente o rosto dele. Se já era atraente antes, estava lindo agora. Mas não durou muito. A leveza sumiu tão rápido quanto apareceu.

— Eu fui sincero no que escrevi no cartão — disse, gentil, indicando uma porta fechada à direita. — Se eu fosse você, não entraria aí.

Foi então que percebi, do jeito que sempre acabava percebendo as coisas, que alguma vez Michael tinha passado pelo mesmo que eu e tinha aberto a porta. O aviso era genuíno, mas eu abri mesmo assim.

— Srta. Hobbes. Pode entrar, por favor.

Olhei uma última vez na direção de Michael e entrei na sala.

— *Au revoir* — disse o garoto com uma maravilhosa cara de paisagem, pronunciando as palavras ao mesmo tempo que fazia um movimento exagerado com os dedos.

O agente especial Tanner Briggs pigarreou e a porta se fechou atrás de mim. Para o bem ou para o mal, eu estava ali para me encontrar com um agente do FBI. Sozinha.

— Que bom que você veio, Cassie. Sente-se.

O agente Briggs era mais jovem do que eu estava esperando, com base em sua voz na ligação. Aos poucos as coisas foram se encaixando, e fui incorporando a idade dele às informações que eu já tinha. Um homem mais velho que se esforçava para parecer profissional era cauteloso. Mas um cara de 29 anos que fazia o mesmo tinha a intenção de ser levado a sério.

Havia uma diferença.

Obedientemente, me sentei. O agente Briggs permaneceu na cadeira, mas se inclinou para a frente. A mesa entre nós estava vazia, exceto por uma pilha de papéis e duas canetas, uma sem tampa.

Então quer dizer que ele não era naturalmente organizado. Por algum motivo, achei isso reconfortante. Era ambicioso, mas não inflexível.

— Terminou? — perguntou ele, mas não foi rude. Na verdade, parecia genuinamente curioso.

— Terminei o quê? — perguntei.

— De me analisar — disse ele. — Só estou nessa sala há duas horas... não consigo nem imaginar o que foi que chamou sua atenção, mas imaginei mesmo que algo acabaria chamando. Com os Naturais, isso quase sempre acontece.

*Naturais.* Ele pronunciou a palavra como se esperasse que eu a repetisse em tom de pergunta. Mas não falei nada. Quanto menos desse a ele, mais ele acabaria me mostrando.

— Você é boa em interpretar as pessoas... pegar pequenos detalhes e entender o todo: quem são, o que querem, como funcionam. — Ele sorriu. — De que tipo de ovos gostam.

— Você me chamou até aqui porque sou boa em adivinhar o tipo de ovos que as pessoas gostam? — perguntei, sem conseguir afastar a incredulidade da voz.

Ele batucou os dedos na mesa.

— Pedi pra você vir aqui porque você tem um talento natural pra uma coisa que muita gente poderia passar a vida inteira tentando aprender.

Fiquei me perguntando se, ao dizer *muita gente,* ele estava se referindo, pelo menos um pouco, a si mesmo.

Ele interpretou meu silêncio como uma espécie de bate-boca.

— Ou quer dizer que não interpreta as pessoas? Que não consegue me dizer agora mesmo se prefiro jogar basquete ou golfe?

Basquete. Mas ele gostaria que as pessoas achassem que a resposta era golfe.

— Você pode até tentar me explicar como dá um jeito de descobrir as coisas, como decifra as *pessoas,* Cassie, mas a diferença entre você e o resto do mundo é que, pra explicar como você acabou de descobrir que prefiro ficar com o nariz sangrando na quadra de basquete a ficar batendo um taco numa bolinha com meu chefe... você teria que refletir. Entender quais pistas deixei passar e como você as interpretou, porque é uma coisa que você simplesmente faz. Você nem precisa pensar, não como eu faria, não da forma como minha equipe faria. Mesmo se tentasse, é bem possível que não conseguiria se impedir.

Eu nunca tinha conversado sobre isso nem mesmo com a minha mãe, que tinha me ensinado o que dava para ser ensinado. Pessoas eram pessoas, mas, para o bem ou para o mal, na maior parte do tempo elas não passavam de enigmas para mim. Enigmas fáceis e difíceis, palavras cruzadas, charadas, sudokus. Sempre havia uma resposta, e eu não conseguia evitar ficar insistindo até conseguir descobrir.

— Como você sabe dessas coisas? — perguntei ao homem na minha frente. — E, mesmo que seja verdade, mesmo que eu tenha um bom instinto sobre as pessoas, que diferença faz pra você?

Ele se inclinou para a frente.

— Eu sei porque é meu trabalho saber. Porque fui eu que convenci o FBI de que eles precisavam ir atrás de gente como você.

— O que você quer comigo?

Ele se encostou na cadeira.

— O que você acha que eu quero com você, Cassie?

Minha boca ficou seca.

— Eu tenho dezessete anos.

— Aptidões naturais como a sua alcançam o auge na adolescência. Educação formal, faculdade, más influências... tudo isso pode influenciar o incrível potencial que você tem agora.

— Ele cruzou as mãos com cuidado na frente do corpo. — O que quero é garantir que você tenha as influências certas para que seu dom seja moldado de um jeito que se torne extraordinário, algo que você possa usar pra fazer muito bem ao mundo.

Parte de mim quis rir dele, sair da sala, esquecer que aquilo tinha acontecido, mas a outra parte não conseguia parar de pensar que havia cinco anos que eu estava vivendo no limbo, como se estivesse esperando uma coisa sem saber o quê.

— Pode levar o tempo que precisar para pensar a respeito, Cassie, mas o que estou te oferecendo é uma chance única. Nosso programa é singular e tem potencial pra transformar os *Naturais*, gente como você, em algo realmente extraordinário.

— Gente como eu — repeti, minha mente a mil por hora.

— E Michael.

A segunda parte foi um palpite, e nem tão forte assim. Nos dois minutos que levamos até aquela sala, Michael tinha chegado mais perto de entender o que acontecia na minha cabeça do que qualquer pessoa que eu já tivesse conhecido.

— E Michael. — Enquanto falava, a expressão no rosto do agente Briggs foi ficando mais animada. O profissional durão tinha dado lugar a um lado mais pessoal dele. Aquele programa era algo em que ele realmente acreditava.

E ele tinha algo a provar.

— Eu me tornar parte desse programa envolveria o quê? — perguntei, prestando atenção na reação dele. O entusiasmo em seu rosto se tornou algo bem mais intenso. Ele fixou os olhos nos meus.

— O que você acharia de se mudar para Washington?

# Capítulo 4

**O que eu acharia** de me mudar para Washington?

— Eu tenho dezessete anos — reiterei. — Uma pergunta melhor pode ser o que os meus responsáveis legais achariam disso.

— Você não seria a primeira menor que eu contratei, Cassie. Para tudo tem um jeito.

Estava na cara que ele não conhecia a minha Nonna.

— Cinco anos atrás, a guarda de Cassandra Hobbes foi designada para o pai biológico, Vincent Battaglia, da Força Aérea dos Estados Unidos. — O agente Briggs fez uma pausa. — Quatorze meses depois de você aparecer na vida dele, seu pai foi transferido para outro país. Você escolheu ficar aqui, com sua avó paterna.

Nem me dei ao trabalho de perguntar como o agente Briggs tinha conseguido essas informações. Ele era do FBI. Devia saber até a cor da minha escova de dentes.

— O que estou querendo dizer, Cassie, é que legalmente seu pai ainda tem sua guarda, e tenho plena certeza de que, se você quiser, eu posso fazer acontecer. — Briggs fez outra pausa.

— No que diz respeito ao mundo lá fora, nós somos um programa para superdotados. É bem criterioso e conta com o apoio de pessoas muito importantes. Seu pai é militar de carreira. Ele se preocupa com como você se isola. Isso vai fazer com que seja mais fácil convencê-lo.

Comecei a abrir a boca para perguntar como exatamente ele tinha chegado à conclusão de que meu pai se *preocupava*, mas Briggs levantou a mão.

— Eu não entraria em uma situação dessa às cegas, Cassie. Quando você foi sinalizada no sistema como uma recruta em potencial, eu fiz meu dever de casa.

— Sinalizada? — perguntei, arqueando as sobrancelhas. — Pelo quê?

— Não sei. Não fui eu que sinalizei, e, para ser sincero, os detalhes do seu recrutamento não vêm ao caso, a não ser que você esteja interessada na minha proposta. Se disser que não está, vou embora de Denver hoje mesmo.

Eu não podia fazer isso... e provavelmente o agente Briggs sabia antes mesmo de perguntar.

Ele pegou a caneta sem tampa e rabiscou umas anotações na borda de um papel.

— Se tiver alguma pergunta, pode falar com o Michael. Não tenho dúvida de que ele vai ser completamente sincero com você sobre a experiência dele até hoje no programa. — Briggs revirou os olhos em direção ao céu em uma expressão tão universal de irritação que quase me esqueci do distintivo e do terno que ele usava. — E se houver alguma pergunta que eu possa responder...

Ele parou de falar e ficou esperando. Então mordi a isca e comecei a pedir detalhes. Quinze minutos depois, minha mente estava a mil por hora. O programa, como ele não parava de se referir, era pequeno e ainda estava em estágio de teste. Tinha dois objetivos: primeiro, capacitar os selecionados e aprimorar nossas habilidades naturais; segundo, usar essas habilidades para ajudar as pessoas que trabalhavam nos bastidores do FBI. Eu tinha liberdade para sair do programa a qualquer momento. E teria que assinar um acordo de confidencialidade.

— Tem uma pergunta que você não fez, Cassie. — O agente Briggs cruzou novamente as mãos na frente do corpo. —

Então vou te responder. Eu conheço sua história de vida. Estou a par do caso da sua mãe. E apesar de não ter nenhuma atualização para te dar, posso afirmar que, depois do que você passou, você tem mais motivos do que a maioria para querer fazer o que nós fazemos.

— E o que é? — perguntei, sentindo a garganta apertada só de ouvir a mera menção à palavra que começa com *m*. — Você disse que vai oferecer treinamento e que, em troca, eu darei consultoria a vocês. Consultoria sobre o que, exatamente? Treinamento de quê?

Ele fez uma pausa, mas eu não tinha como saber se estava me analisando ou usando o silêncio para acrescentar ênfase a sua resposta.

— Você vai ajudar com os casos arquivados. Aqueles que o Bureau não conseguiu concluir.

Pensei na minha mãe; no sangue no espelho, nas sirenes e em mim mesma dormindo ao lado do telefone, na esperança desesperada de que tocasse. Precisei me forçar a continuar respirando normalmente, a não fechar os olhos e enxergar o rosto brincalhão e sorridente da minha mãe.

— Que tipo de casos arquivados? — perguntei, com um nó na garganta. De repente, meus lábios ficaram secos e meus olhos encheram de lágrimas.

O agente Briggs teve o bom senso de fingir que não havia reparado na emoção estampada no meu rosto.

— As tarefas variam... depende da sua especialidade. Michael é Natural em interpretar emoções, por isso fica um bom tempo assistindo a gravações de testemunhos e interrogatórios. Com o histórico dele, chuto que vai acabar se saindo bem na nossa divisão de crimes de colarinho branco, mas alguém com a habilidade dele pode ser útil em qualquer tipo de investigação. Outra recruta do programa é uma enciclopédia ambulante, enxerga padrões e probabilidades para onde quer que olhe. Nós a colocamos na análise de cenas de crime.

**ACADEMIA DOS CASOS ARQUIVADOS** 33

— E eu? — perguntei.

Ele ficou em silêncio por um instante, refletindo. Olhei para os papéis na mesa e fiquei me perguntando se algum era sobre mim.

— Você é uma perfiladora Natural — disse o agente Briggs finalmente. — Consegue observar um padrão de comportamento e entender a personalidade do criminoso, ou adivinhar como um determinado indivíduo pode acabar se comportando no futuro. Isso costuma ser útil quando temos uma série de crimes interrelacionados, mas nenhum suspeito definitivo.

Li nas entrelinhas do que ele disse, mas mesmo assim quis ter certeza.

— Crimes interrelacionados?

— Crimes em série — respondeu, depois escolheu outras palavras e as deixou no ar. — Sequestros. Incêndios criminosos. Abuso sexual. — Ele fez uma pausa, e adivinhei a palavra que sairia de sua boca antes que ele a dissesse. — Assassinato.

Ele estava havia uma hora dando voltas em círculos ao redor da verdade, até que, em um piscar de olhos, ela ficou incrivelmente nítida. O agente e sua equipe, aquele programa... eles não só queriam me ensinar a aprimorar minhas habilidades. Eles queriam usá-las para colocar assassinos atrás das grades.

Assassinos em série.

# Você

**Você olha para o corpo** e sente uma onda de raiva. Fúria. Devia ter sido algo sublime. Você é quem precisa decidir. Você precisa sentir a vida se esvair dela. Ela não deve te apressar. Ela ainda não deveria estar morta, mas está. Ela deveria estar perfeita agora, mas não está.

Ela não gritou o suficiente, depois gritou demais, e então começou a te xingar. Começou a te xingar de nomes que Ele te xingava. Então você ficou com raiva. Acabou rápido demais, cedo demais, e, porra, não foi sua culpa. Foi dela. Ela quem te tirou do sério. Ela quem estragou tudo.

Você é melhor do que isso. Você deveria estar olhando para o corpo dela e sentindo o poder, a euforia. Ela deveria ser uma obra de arte.

Mas não é.

Você enfia a faca na barriga dela várias e várias vezes, sem enxergar mais nada. Ela não está perfeita. Ela não está bonita. Ela não é nada.

Você não é nada.

Mas você não vai continuar sendo nada por muito tempo.

# Capítulo 5

**Permiti que o agente Briggs** falasse com meu pai, que me ligou. Menos de uma semana depois que contei ao meu pai que era isso que eu queria, tive a notícia de que Briggs tinha conseguido as autorizações necessárias. Minha documentação tinha sido aprovada. Naquela noite, pedi demissão do emprego na lanchonete. Tomei um banho, vesti meu pijama e me preparei para a Terceira Guerra Mundial.

Eu ia fazer parte daquilo. Percebi que faria quase na mesma hora em que o agente Briggs começou a falar. Eu me importava com a minha avó. Mesmo. E sabia como ela e o restante da família tinham se esforçado para fazer eu me sentir amada, sem se importarem com como eu tinha agido com eles nem o quanto da minha mãe havia em mim. Mas ali nunca tinha sido meu lugar. Uma parte de mim nunca tinha saído daquela droga de teatro: as luzes, a multidão, o sangue. Talvez eu nunca saísse, mas o agente Briggs estava me oferecendo a oportunidade de tomar alguma atitude a respeito disso.

Talvez eu nunca resolvesse o assassinato da minha mãe, mas o programa me tornaria o tipo de pessoa capaz de pegar assassinos, alguém capaz de garantir que outra garotinha, em outra vida e com outra mãe, nunca precisasse ver o que eu tinha visto.

Era algo mórbido e horrível, a última forma de viver a vida que minha família teria imaginado para mim... e eu a queria mais do que já tinha desejado qualquer outra coisa.

Passei os dedos pelo cabelo. Molhado, ficava escuro o bastante para aparecer castanho em vez de avermelhado. O vapor do chuveiro tinha deixado minhas bochechas meio coradas. Eu parecia o tipo de garota que poderia pertencer àquela família. De cabelo molhado, não era tão parecida com a minha mãe.

— Covarde — murmurei para meu reflexo e me afastei do espelho. Eu podia ficar ali até meu cabelo secar; na verdade, podia ficar ali até meu cabelo ficar grisalho que mesmo assim a conversa que eu estava prestes a ter não ficaria mais fácil.

Na sala, no andar de baixo, Nonna estava encolhida em uma poltrona, os óculos de leitura equilibrados no nariz e um romance de letras grandes aberto no colo. Assim que entrei no cômodo, ela ergueu os olhos, afiados como os de uma águia.

— Se aprontou cedo pra dormir — disse ela, sem um pingo de suspeita na voz. Nonna tinha criado oito filhos com sucesso. Se eu fosse do tipo que arruma encrenca, não haveria nenhuma que eu pudesse ter causado que ela já não tivesse visto antes.

— Pedi demissão do meu emprego hoje — falei, e o jeito como os olhos dela brilharam me deu a entender que escolhi as palavras erradas para iniciar essa conversa. — Mas não preciso que você arrume um novo para mim — acrescentei rapidamente.

Nonna deixou escapar um som de desprezo bem baixinho.

— Claro que não precisa. Você é *independente*. Não precisa de nada da sua velha Nonna. Não liga se ela fica preocupada.

Ok, tudo estava indo muito bem.

— Não quero que você se preocupe — falei —, mas apareceu uma coisa. Uma oportunidade.

Eu já tinha decidido que a Nonna não precisava saber o que eu iria fazer... nem o motivo. Então contei a história do agente Briggs.

— Tem uma escola — falei. — Um programa especial. O diretor veio falar comigo na semana passada.

Nonna bufou.

— Ele conversou com meu pai.

ACADEMIA DOS CASOS ARQUIVADOS **37**

— O diretor desse programa conversou com o seu pai — repetiu Nonna. — E o que foi que meu filho disse para esse homem que não pôde se dar ao trabalho de vir se apresentar para mim? Expliquei o máximo que pude. Dei a ela um panfleto que o agente Briggs tinha me dado, que não mencionava termos tipo *perfis criminais* nem *assassinos em série* nem FBI.

— É um programa pequeno — falei. — Em uma espécie de casa coletiva.

— E seu pai disse que você podia ir? — Nonna estreitou os olhos em direção às crianças sorridentes no panfleto, como se fossem elas mesmas as responsáveis por levar a querida netinha dela para o mau caminho.

— Ele já assinou os papéis, Nonna. — Encarei minhas mãos, entrelaçadas na minha cintura. — Eu vou.

Silêncio. Depois uma inspiração profunda. Então uma explosão.

Eu não falava italiano, mas pelos gestos enfáticos e a forma como ela cuspia as palavras, tinha um palpite de qual seria a tradução.

A neta da Nonna se mudaria, sim, para o outro lado do país para se matricular em um programa de pessoas superdotadas custeado pelo governo. Só por cima do cadáver dela.

Ninguém elabora uma intervenção como a família do meu pai. O bat-sinal não perdia nada para o Battaglia-sinal, e menos de 24 horas depois que Nonna espalhou o pedido de socorro, a família tinha se reunido com força total. Houve berros e gritos e choro... e comida. Muita comida. Fui ameaçada, tentaram me persuadir, me intimidaram e abraçaram junto a uma infinidade de seios. Mas pela primeira vez desde que eu havia conhecido aquela metade da minha árvore genealógica, eu não tinha como simplesmente alinhar as minhas reações às deles. Não tinha como dar a eles o que queriam. Não tinha como *fingir*.

O barulho foi aumentando, então me retraí e esperei tudo aquilo passar. Em algum momento eles acabariam reparando que eu estava em silêncio.

— Cassie, querida, você não é feliz aqui? — perguntou uma das minhas tias. O restante da mesa ficou em silêncio.

— Eu... — Não consegui dizer mais do que isso. Reparei no momento em que a ficha deles caiu. — Não é que eu não seja feliz — corrigi rapidamente. — É só que...

Pela primeira vez eles ouviram o que eu *não* estava dizendo. Desde o momento em que souberam da minha existência, me consideravam da família. Mas não tinham percebido que, lá dentro, sempre fui, e talvez sempre seria, uma estranha.

— Eu tenho que fazer isso — falei, minha voz tão baixa quanto a deles estava alta. — Pela minha mãe.

Foi mais perto da verdade do que eu tinha pretendido contar a eles.

— Você acha que a sua mãe ia querer que você fizesse isso? — perguntou Nonna. — Que você deixasse a família que te ama, que vai cuidar de você, para ir sozinha para o outro lado do país, fazer Deus sabe o quê?

Era uma pergunta retórica, mas a respondi com firmeza, decidida.

— Acho. — Fiz uma pausa, esperando alguém reclamar, mas não foi o que aconteceu. — Sei que vocês não gostaram, e espero que não me odeiem por isso, mas é o que eu tenho que fazer. — Me levantei. — Vou embora em três dias. Ia gostar muito de voltar para o Natal, mas entendo se não me quiserem aqui.

Em um segundo Nonna atravessou a sala, surpreendentemente ágil para alguém da idade dela. Depois tocou o dedo com força no meu peito.

— Você volta no Natal — afirmou de uma maneira que não deixou dúvidas de que se tratava de uma ordem. — Pensa só em não voltar... — Ela estreitou os olhos e passou o dedo esticado pelo pescoço de forma ameaçadora. — *Capisce?*

Acabei abrindo um sorriso enquanto meus olhos enchiam de lágrimas.

— *Capisce*.

# Capítulo 6

**Três dias depois,** saí de casa para o programa. Foi Michael quem me buscou. Ele estacionou junto ao meio-fio e ficou esperando.

— Não estou gostando nada disso — disse Nonna provavelmente pela milésima vez.

— Eu sei. — Dei um beijo leve em sua têmpora e ela aninhou minha cabeça entre as mãos.

— Se comporta — disse, enfática. — Toma cuidado. Seu pai... — acrescentou, depois. — Eu vou matar o seu pai.

Olhei para trás e vi Michael encostado em um Porsche preto reluzente. De longe, não dava para identificar a expressão no rosto dele, mas podia apostar que ele não estava com a menor dificuldade para conseguir interpretar as *minhas* emoções.

— Vou tomar cuidado — falei para Nonna, virando as costas para o garoto dono daquele olhar que entendia tudo. — Prometo.

— É — disse ela, finalmente. — Não tem como você se meter em tanta encrenca assim, né? A escola tem poucos alunos.

Poucos alunos sendo treinados para conseguirem analisar cenas de crime, assistir a depoimentos de testemunhas e localizar assassinos em série. Em que tipo de encrenca a gente poderia se meter?

Sem dizer mais nada, levei minha mala até o carro. Nonna foi atrás e, percebendo que Michael abriu o porta-malas, mas não moveu um dedo para me ajudar, o encarou com reprovação.

— Vai ficar aí parado? — perguntou ela.

**ACADEMIA DOS CASOS ARQUIVADOS** 41

Com um sorrisinho quase imperceptível, Michael pegou a mala da minha mão e a colocou sem esforço no porta-malas.

Depois chegou bem perto de mim e sussurrou:

— E eu achando que você fosse o tipo de garota que ia querer carregar as coisas pesadas sozinha.

Nonna me olhou. Olhou para Michael. Olhou bem o pouco espaço que havia entre nós. E bufou.

— Se acontecer qualquer coisa com ela — disse ela para Michael —, essa família... nós sabemos como nos livrar de um corpo.

Em vez de ceder à vergonha e esconder a cabeça entre as mãos, me despedi da Nonna e entrei no carro. Michael fez o mesmo.

— Desculpa por aquilo — falei.

Michael arqueou uma sobrancelha.

— Por ter sido ameaçado de morte ou pelo cinto de castidade imaginário que ela está colocando em você enquanto estamos aqui conversando?

— Cala a boca.

— Ah, para, Cassie. Eu acho legal. Sua família se importa com você.

Talvez ele achasse legal, talvez não.

— Não quero falar da minha família.

Michael sorriu, sem se abalar.

— Eu sei.

Pensei no que o agente Briggs tinha me contado sobre o dom de Michael.

— Você lê emoções — falei.

— Expressões faciais, posturas, gestos, essas coisas — disse ele. — Você morde a parte interna do lábio quando fica nervosa. E quando se esforça para não encarar, fica com uma ruguinha no canto do olho direito.

Ele falou tudo isso sem nem tirar os olhos da rua. Dei uma olhada no velocímetro e percebi como estávamos indo rápido.

— Está *a fim* de ser parado pela polícia? — perguntei.

Ele deu de ombros.

— Você que é a perfiladora — disse ele. — Me diz aí. — Ele desacelerou um pouco. — É o que perfiladores fazem, né? Reparam no jeito como a pessoa está vestida, como a pessoa fala, cada detalhezinho, e colocam essa pessoa em uma caixa. Você entende com que *tipo* de indivíduo está lidando e aí se convence de que sabe *exatamente* o que todo mundo quer.

Então ele já tinha tido uma experiência, não muito boa, com algum perfilador no passado. Foi por isso que imaginei que a dificuldade que eu estava tendo para conseguir interpretá-lo não era por acaso. Ele *gostava* de me manter no escuro.

— Cada vez que te vejo, você está com um estilo de roupa diferente — falei. — Fica de pé de um jeito diferente. Fala de um jeito diferente. Nunca diz nada sobre si mesmo.

— Talvez eu goste de ser alto, sombrio e misterioso — respondeu Michael, fazendo uma curva tão rapidamente que precisei me lembrar de respirar.

— Você nem é tão alto assim — falei, o que arrancou uma risada dele.

— Você está irritada comigo — disse ele, arqueando as sobrancelhas. — Mas também está curiosa.

— Quer parar com isso? — Eu nunca tinha percebido como era irritante ser analisada assim, como se estivesse sob um microscópio.

— Vamos fazer um acordo — disse Michael. — Eu paro de tentar ler suas emoções se você parar de tentar me analisar.

Eu tinha tantas perguntas, sobre a infância dele, sua habilidade, por que ele tinha me dado aquele alerta para me manter afastada. Mas, a menos que o quisesse fazendo um estudo intensivo das minhas emoções, precisaria conseguir essas respostas do jeito normal.

— Tudo bem — falei. — Combinado.

Ele sorriu.

— Maravilha. Agora, para te mostrar que estou sendo honesto, como já passei um bom tempo dentro da sua cabeça, vou te dar três perguntas pra tentar entrar na minha.

A solucionadora de enigmas que vivia em mim queria perguntar que tipo de roupa ele usava quando ninguém estava olhando, quantos irmãos ele tinha e se havia sido a mãe ou o pai dele que o tornara aquele cara que parecia sempre meio irritado com o mundo.

Mas não perguntei nada disso.

Qualquer pessoa corajosa o suficiente para dirigir rápido daquele jeito não pensaria duas vezes antes de contar algumas mentirinhas. Se eu perguntasse o que queria saber, acabaria recebendo respostas ainda mais confusas, então fiz a única pergunta que eu tinha quase certeza de que ele responderia com honestidade.

— Qual é a do Porsche?

Michael desviou rapidamente os olhos da estrada para se voltar para mim, e foi aí que percebi que o tinha surpreendido.

— O Porsche? — repetiu ele.

Fiz que sim.

— Tenho certeza de que não faz parte do kit do FBI.

Ele abriu um sorrisinho com o canto da boca e, pela primeira vez, não havia nenhuma entrelinha esquisita em sua expressão.

— O Porsche foi um presente — disse ele. — Da minha vida anterior. Poder ficar com ele foi uma das condições que dei a Briggs pra poder aceitar a proposta.

— Por que ele não te deixaria ficar com o carro? — perguntei, percebendo tarde demais que tinha acabado de queimar a pergunta número dois.

— Fraude fiscal — respondeu Michael. — Não minha. Do meu pai.

Pela jeito como a voz dele ficou tensa, tive a sensação de que ficar com o Porsche não foi a única condição para a participação de Michael no programa. Eu só não sabia dizer se ele tinha pedido ao governo para fazer vista grossa para os crimes do pai ou se o pai tinha negociado o filho em troca de imunidade.

Não perguntei.

Achei melhor me manter num ambiente mais seguro.

— Como que é? O programa?

— Entrei há poucos meses — disse Michael. — Briggs me mandou vir te buscar. Por bom comportamento, eu acho.

Eu duvidava disso.

Fiquei com a impressão de que Michael sentia que eu não estava caindo naquilo.

— E também talvez porque Briggs precisasse de alguém que conseguisse ler suas emoções e ver se você é ou não uma panela de água em ponto de ebulição que não deve receber acesso a arquivos confidenciais.

— E eu passei? — perguntei, com um tonzinho de provocação na voz.

— Nananinanão — respondeu Michael. — Aí já são quatro perguntas.

Sem nem avisar, ele virou para a esquerda, fez um retorno e rapidamente virou para a direita. Segundos depois, fomos parar numa vaga no que parecia um hangar de aeroporto.

— O que é aquilo? — perguntei, meus olhos arregalando enquanto eu encarava o pedaço de metal na nossa frente.

— Aquilo? — repetiu Michael. — Aquilo é o jato.

— Deixa eu adivinhar — falei, meio de brincadeira. — Ficar com seu jatinho particular também foi uma das condições para você participar do programa?

Michael deu uma risadinha debochada.

— Pertence ao FBI, infelizmente. Quando Briggs não está por aí convocando a galera jovem e impressionante para fazer o trabalho sujo pra ele, ele faz parte de uma equipe especializada que trabalha com agentes da lei em todo o país. O jato reduz tempo de viagem. Pra nós, é só vantagem.

ACADEMIA DOS CASOS ARQUIVADOS   45

— Cassie. — O agente Briggs me cumprimentou assim que desci do carro. Só meu nome, mais nada.

Michael apertou um botão e o porta-malas se abriu. Fui pegar minha mala, e Michael encarou Briggs com uma ótima imitação da cara feia da Nonna.

— Vai ficar aí parado? — perguntou ao agente do FBI.

Briggs me ajudou com a mala e Michael ficou me olhando.

— Achou graça — sussurrou ele. — Mas também rolou um pouco de constrangimento.

Demorei um segundo para entender que Michael não estava interpretando a expressão facial de Briggs. Estava interpretando a minha.

*Eu paro de tentar ler suas emoções se você parar de tentar me analisar.*

Mentiroso.

Sem mais uma palavra, Michael se virou e foi em direção ao jatinho. Quando subi a bordo, ele já estava sentado na fileira de trás. Ele ergueu o olhar, a postura convidativa e os olhos me dizendo para ficar longe.

Desviei o olhar e me sentei na fileira em frente à dele, virada para a cabine do piloto. Aí, sim, eu veria se ele era bom mesmo em interpretar minhas emoções só de encarar minha nuca.

— Olha só — sussurrou Michael, a voz alta o suficiente para chegar aos meus ouvidos, mas não aos de Briggs. — Se você prometer não ficar me dando gelo, eu te dou uma quarta pergunta, de graça.

Quando o avião decolou e a cidade ficou pequena lá embaixo, me virei para trás.

— Você vai deixar o Porsche em Denver? — perguntei.

Ele se inclinou para a frente, perto o bastante para quase tocar sua testa na minha.

— O diabo mora nos detalhes, Cassie. Eu nunca falei que o Porsche era meu único carro.

# Você

**Alguns dias se passaram** desde a última vez, dias de ficar revivendo repetidamente seu fracasso. *Cada minuto é uma tortura, e agora você tem um prazo. Não pode mais se dar ao luxo de caçar a garota perfeita. A garota certa. Não tem nada de especial na que você escolheu, exceto a cor do cabelo.*

*Te faz lembrar o cabelo de outra pessoa, e isso é o suficiente. Por enquanto.*

*Você a mata em um quarto de hotel de beira de estrada. Ninguém te viu entrar. Ninguém vai te ver sair. Você colocou fita adesiva na boca dela. Você precisa imaginar como é o som dos seus gritos, mas só a expressão nos olhos já vale a pena.*

*É rápido, mas não tanto assim.*

*Ela é sua.*

*É você quem manda. Você quem decide. Você desliza a faca logo abaixo da maçã do rosto da garota. Arranca sua maquiagem pesada e a pele da cara dela.*

*Pronto. Melhor assim.*

*Você se sente melhor. Mais no controle. E sabe que, apesar de não ter tempo para tirar fotos, você nunca vai se esquecer da forma como o sangue dela vai manchando o cabelo.*

*Tem dias, você pensa, em que parece que você faz isso desde sempre. Mas não importa quantas sejam, não importa o quanto você se tornou especialista em mostrá-las o que você é e o que elas são... ainda tem uma parte sua que sabe.*

*Nunca vai ser completamente certo.*
*Nunca vai ser perfeito.*
*Nunca mais vai haver outra como a primeira.*

# PARTE DOIS:
# APRENDER

# Capítulo 7

**Desci do jatinho e pisquei,** meus olhos se ajustando ao sol. Uma mulher de cabelo ruivo vibrante veio andando na direção do avião. Usava um terno cinza e óculos de sol pretos, e andava como se estivesse com pressa para chegar a algum lugar.

— Ouvi por aí que chegaríamos na mesma hora — disse ela para Briggs. — Então pensei em vir te cumprimentar pessoalmente. — Sem esperar resposta, a mulher voltou a atenção para mim. — Sou a agente especial Lacey Locke. Briggs trabalha comigo e você é Cassandra Hobbes.

Ela calculou o discurso para acabar bem na hora em que não havia mais nenhum espaço entre nós. Depois esticou a mão, e fiquei impressionada: apesar dos óculos de sol e do terno, tinha a expressão meio travessa.

Apertei sua mão.

— É um prazer te conhecer — falei. — A maioria das pessoas me chama só de Cassie.

— Então, Cassie — respondeu —, Briggs me contou que você é uma das minhas.

Uma das dela?

Michael foi logo se adiantando.

— Uma perfiladora.

— Não vai ficando tão animadinho assim com a ciência do perfilamento, Michael — disse Locke, calma. — Cassie pode acabar te confundindo com um garoto de dezessete anos *sem* esse seu ranço profundo pelo resto do mundo.

Michael levou a mão ao peito.

— Seu sarcasmo me machuca, agente Locke.

Ela deu uma risada debochada.

— Você voltou cedo — interrompeu Briggs, dirigindo o comentário para a agente Locke. — Nada em Boise?

Locke fez um breve gesto com a cabeça.

— Beco sem saída.

Então os dois comunicaram em silêncio alguma coisa um ao outro e Briggs se virou para mim.

— Como Michael fez a gentileza de observar, a agente Locke é uma perfiladora. Ela será responsável pelo seu treinamento.

— Sorte a sua — disse Locke com um sorriso.

— Você é... — Eu não sabia direito como perguntar.

— Uma Natural? — disse ela. — Não. Só tem uma coisa em que sou naturalmente boa, pena que só posso te contar quando você for maior de idade. Mas passei pela academia do FBI e cursei todas as matérias que ofereceram sobre análise comportamental. Faço parte da unidade de ciência comportamental há quase três anos.

Fiquei me questionando se seria grosseria perguntar que idade ela tinha naquele momento.

— Vinte e nove — disse ela. — E não se preocupa, você vai se acostumar.

— Me acostumar com o quê?

Ela sorriu de novo.

— Com as pessoas respondendo perguntas antes de você as fazer.

A base de operações do programa funcionava em uma casa imponente em estilo vitoriano na cidadezinha de Quantico, na Virgínia; perto o suficiente do quartel do FBI na base do Corpo de Fuzileiros Navais da cidade para ser de fácil acesso, mas não tão perto a ponto de as pessoas começarem a fazer perguntas.

— Sala de estar. Sala de televisão. Biblioteca. Escritório. — A pessoa que Briggs tinha arrumado para cuidar da casa e de nós era um fuzileiro aposentado chamado Judd Hawkins. Tinha uns sessenta anos e olhos de águia. Um homem de poucas palavras. — A cozinha é ali. Seu quarto fica no segundo andar. — Judd se interrompeu por uma fração de segundo para me olhar. — Você vai dividir com uma das outras garotas. Espero que não seja um problema.

Fiz que não e ele foi andando pelo corredor até chegar a uma escadaria.

— Reaja, srta. Hobbes — disse Judd, chamando minha atenção. Corri para alcançá-lo e cheguei a pensar que ele estava sorrindo, embora sua expressão mal oferecesse qualquer pista disso.

Me esforcei para segurar meu próprio sorriso. Judd Hawkins podia até ter sido ríspido e direto ao ponto, mas lá no fundo eu sabia que ele era mais carinhoso do que a maioria das pessoas imaginava.

Quando me flagrou o observando, assentiu de um jeito brusco, profissional. Assim como Briggs, Judd não pareceu se importar com a possibilidade de que eu pudesse construir uma visão geral da personalidade dele com base em pequenos detalhes.

Diferentemente de uma certa pessoa que ficava se esforçando para me frustrar sempre que podia.

Me recusando a olhar para trás, para Michael, reparei em uma série de fotografias emolduradas na parede da escada. Cerca de doze homens. Uma mulher. A maioria com vinte e muitos ou trinta e poucos anos, mas um ou dois eram mais velhos. Alguns estavam sorrindo; outros, não. Um homem corpulento com sobrancelhas escuras e cabelo ralo estava entre um cara gato e uma foto em preto e branco da virada do século. No alto da escada e em um retrato ligeiramente maior estava um casal idoso sorrindo.

ACADEMIA DOS CASOS ARQUIVADOS **53**

Olhei para Judd, me perguntando se eram seus parentes ou se a foto pertencia a outra pessoa que morava na casa.

— São assassinos.

Uma garota de origem asiática que devia ter mais ou menos a minha idade surgiu. Se movia como se fosse um gato e sorria como se tivesse acabado de comer um passarinho.

— As pessoas nas fotos — continuou ela. — São assassinos em série. — Ela enrolou o rabo de cavalo preto brilhante em volta do indicador, nitidamente se divertindo com meu constrangimento. — É o jeitinho alegre do programa de lembrar a Dean o que ele está fazendo aqui.

Dean? Quem era Dean?

— Acho meio macabro, mas, por outro lado, não sou nenhuma perfiladora. — A garota jogou o rabo de cavalo para o lado. — Mas você é. Ou não?

Ela deu um passo para a frente e meus olhos foram atraídos para seus pés: botas pretas de couro com saltos tão altos que me fizeram tremer de pena. Usava uma calça preta colada e uma blusa de gola alta sem mangas, de um azul elétrico que combinava com as mechas no cabelo.

Enquanto eu observava suas roupas, a garota encurtou a distância entre nós até estar tão perto de mim que achei que ela fosse esticar a mão e começar a enrolar o meu cabelo em vez do dela.

— Lia — disse Judd, sem se deixar abalar —, essa é a Cassie. Se você terminou com sua tentativa de meter medo nela, aposto que ela gostaria muito de colocar essa mala no chão.

Lia deu de ombros.

— *Mi casa es su casa.* Seu quarto fica logo ali.

*"Seu" quarto*, pensei. *Não "nosso" quarto.*

— Cassie ficou arrasada que não vai dividir o quarto com você, Lia — disse Michael, interpretando minha expressão facial com uma piscadinha. Lia se virou para olhar para ele, seus lábios se curvando lentamente num sorriso ardente.

— Sentiu saudade? — perguntou ela.

— Como eu sentiria de uma agulha enfiada no meu olho — respondeu Michael.

O agente Briggs, que estava subindo a escada atrás de nós, pigarreou.

— Lia — disse ele. — É bom te ver.

A garota desviou o olhar para ele.

— Olha, agente Briggs — respondeu ela —, isso não é verdade, simples assim.

A agente Locke revirou os olhos.

— A especialidade da Lia é enganação — disse. — Ela tem um talento absurdo pra sacar quando as pessoas estão mentindo. E, além disso — acrescentou a agente Locke, encarando Lia —, ela mente muito bem.

Lia não pareceu se ofender com as palavras da agente.

— Também sou bilingue — disse ela. — E muito, mas muito flexível.

O segundo *muito* foi direcionado para Michael.

— Quer dizer que as fotos na parede *não são* de assassinos em série? — falei, a alça da mala machucando meu ombro enquanto eu tentava processar a ideia de que Lia era uma mentirosa Natural.

A pergunta foi respondida com um silêncio. Silêncio de Michael. De Judd. E da agente Locke, que pareceu meio sem graça.

O agente Briggs pigarreou.

— Não — disse ele, finalmente. — Essa parte é verdade.

Meus olhos foram atraídos para o retrato do casal idoso.

Assassinos em série sorridentes, saltos doze e uma garota com dom para mentir? Aquilo seria interessante.

# Capítulo 8

**Assim que Judd me levou** ao meu quarto, Briggs e Locke foram embora. Prometeram voltar no dia seguinte para o treinamento, mas, até então, a única coisa que esperavam de mim era que eu me acomodasse. Minha colega de quarto, quem quer que fosse, ainda não tinha aparecido, então eu estava com o quarto só para mim.

Havia uma cama de solteiro em cada ponta do cômodo, com um janelão que dava vista para o quintal. Abri, hesitante, o que imaginei ser a porta do armário. Estava cheio exatamente até a metade: metade de cada cabideiro, metade do espaço inferior, metade das prateleiras. Minha colega de quarto preferia estampas a cores lisas, cores vibrantes a cores pastel e tinha uma quantidade saudável de roupas pretas e brancas no armário — apesar de nada cinza.

Todos os sapatos eram baixos.

— Pega leve, Cassie — falei para mim mesma. Eu teria meses pela frente para analisar a personalidade da minha colega de quarto... *sem* precisar ficar espionando a metade dela no armário daquele jeito sinistro. Com rapidez e eficiência, esvaziei minha mala. Morei por cinco anos no Colorado, mas, antes disso, o máximo de tempo que fiquei morando em um mesmo lugar foi quatro meses. Minha mãe estava sempre indo para outro show, outra cidade, em direção a um novo alvo, então eu era especialista em desfazer mala.

Ainda havia espaço sobrando no meu lado do armário quando terminei.

— Toc-toc. — Soou a voz de Lia, alta e firme. Não ficou esperando permissão para entrar no quarto, e levei um susto ao perceber que havia trocado de roupa.

As botas tinham sido substituídas por sapatilhas e a calça preta colada, trocada por um uma saia rendada e esvoaçante. O cabelo estava preso na altura da nuca e até seus olhos pareciam mais suaves. A impressão que dava era que a garota tinha passado por uma transformação... ou tinha mudado completamente de personalidade. *Primeiro Michael, agora Lia.* Fiquei me perguntando se ele tinha copiado dela o truque de mudar de estilo, ou se ela tinha pegado dele. Considerando que era Lia a especialista em enganação, a primeira opção me pareceu mais plausível.

— Já terminou de desfazer a mala? — perguntou ela.

— Ainda estou guardando umas coisas — falei, me virando em direção à cômoda.

— Não está, não.

Nunca tinha me visto como uma mentirosa até aquele momento, quando a habilidade de Lia deixou essa opção bem clara.

— Olha, aquelas fotos lá de assassinos em série fazem a palavra *sinistro* ter outro significado. — Lia se encostou no batente da porta. — Eu estava aqui tinha seis semanas quando me contaram que a vovó e o vovô são, na verdade, Faye e Ray Copeland, condenados por matarem cinco pessoas e costurarem uma colcha macia com as roupas que elas usavam. Acredite, é melhor você saber de uma vez.

— Obrigada — falei secamente.

— Enfim — disse Lia, arrastando a palavra. — Judd é péssimo mostrando a casa. Apesar disso, manda bem na cozinha, o que é surpreendente, e tem olhos na parte de trás da cabeça, mas não gosta de ficar jogando conversa fora, e, a não ser que a

**ACADEMIA DOS CASOS ARQUIVADOS 57**

gente esteja prestes a botar fogo na casa, ele fica na dele. Fiquei pensando que talvez você quisesse conhecer de verdade a casa. Ou que de repente tenha alguma pergunta.

Eu não tinha muita certeza de que uma pessoa conhecida pela capacidade de mentir seria minha fonte ideal de informações *ou* guia, mas achei melhor não recusar uma oferta de paz, e, na verdade, eu tinha, sim, uma pergunta.

— Onde está minha colega de quarto?

— Onde ela sempre fica — respondeu Lia inocentemente.

— No porão.

O porão ocupava todo o comprimento da casa, começando embaixo do jardim da frente e indo até embaixo do quintal, na parte de trás. Do pé da escada, tudo que eu conseguia ver eram duas paredes brancas enormes que ocupavam a largura do espaço, mas não chegavam ao teto de 4,5 metros. Entre o lugar onde uma parede terminava e a outra começava havia um espacinho.

Uma entrada.

Fui andando até lá. Então alguma coisa explodiu e dei um pulo para trás, levando as mãos ao rosto.

*Vidro*, pensei tarde demais. *Vidro quebrado.*

Um segundo depois, percebi que não conseguia identificar de onde vinha o som. Abaixei as mãos e me virei para olhar para Lia, que estava logo atrás de mim. Ela não tinha nem tremido.

— Isso é normal? — perguntei.

Ela deu de ombros em um movimento sutil.

— Defina *normal.*

Uma garota esticou a cabeça de trás de uma das divisas.

— Que está em conformidade com um tipo, uma norma ou um padrão regular.

A primeira coisa que reparei nela — sem contar o tom de voz alegre e o fato de que havia dado a definição literal de *normal* — foi o cabelo. Era loiro-claro, daquele jeito que brilha no escuro, e liso escorrido. As pontas eram irregulares e a franja, curta demais, como se ela mesma a tivesse aparado.

— Não era para você estar usando óculos de proteção? — perguntou Lia.

— Talvez meus óculos estejam comprometidos — a garota respondeu e logo desapareceu atrás da divisa.

Pelo jeito como Lia tinha aberto um sorrisinho satisfeito, eu estava prestes a concluir que tinha acabado de conhecer minha colega de quarto.

— Sloane, Cassie. — Lia fez as apresentações com um gesto grandioso. — Cassie, Sloane.

— É um prazer te conhecer — falei. Dei alguns passos à frente até estar no vão entre as divisas e conseguir ver o que estava escondido ali atrás. À minha frente estendia-se um corredor estreito cheio de salinhas dos dois lados. Cada sala tinha apenas três paredes.

À minha esquerda vi Sloane parada no meio do que parecia ser um banheiro. Havia uma porta na outra extremidade, e percebi que o cômodo era realmente igual a um banheiro se alguém removesse a parede do fundo.

— Parece um cenário de filme — murmurei.

O chão estava coberto de vidro e havia pelo menos cem Post-its grudados na beira da pia e espalhados em forma de espiral nos azulejos. Olhei de onde estava no corredor em direção aos outros cômodos. Os outros cenários.

— É uma cena de crime em potencial — corrigiu Lia. — Serve para simulações. Deste lado — Lia fez aquela típica pose de assistente de programa de auditório — temos espaços internos: banheiros, quartos, cozinhas, saguões. Algumas miniaturas, *miniaturas* de verdade, de restaurantes, e, só porque somos um grande clichê, um correio de mentirinha, pra todas as situações em que é preciso *passar recado*.

Lia se virou para outro canto, indicando o outro lado do corredor.

— E aqui — disse ela — temos algumas cenas externas: parque, estacionamento, local de pegação.

Eu me virei para o banheiro, onde estava Sloane. Ela se ajoelhou com cuidado ao lado dos cacos de vidro no chão e ficou agachada ali, encarando-os. Estava com uma expressão calma no rosto. Os dedos pairaram sobre aquela carnificina. Um longo momento depois, ela piscou e se levantou.

— Você tem cabelo ruivo.

— É — falei. — Tenho, sim.

— Gente com cabelo ruivo precisa de cerca de 20% a mais de anestesia antes de passar por uma cirurgia e têm uma probabilidade significativamente maior de acordar no meio do processo.

Tive uma sensação inconfundível de que aquele era o jeito de Sloane dizer "oi", e de repente tudo se encaixou: a hegemonia de estampas no guarda-roupa dela, a precisão com que ela tinha dividido nosso closet em duas partes iguais.

— O agente Briggs disse que alguém aqui era Natural de números e probabilidades.

— A Sloane é um perigo com qualquer coisa numérica — disse Lia, fazendo um gesto preguiçoso em direção aos cacos de vidro. — Às vezes literalmente.

— Foi só um teste — disse Sloane na defensiva. — O algoritmo que prevê a forma como os cacos se espalham é bem...

— Fascinante? — sugeriu uma voz atrás de nós. Lia passou uma unha pintada e comprida pelo lábio inferior. Me virei.

Era Michael, sorrindo.

— Você tem que ver quando ela toma café — ele disse para mim, gesticulando em direção a Sloane.

— Michael esconde o café — respondeu Sloane em um tom de voz sombrio.

— Pode acreditar, é uma gentileza que faço para todo mundo — retrucou Michael, depois fez uma pausa e foi lentamente abrindo um largo sorriso para mim. — Essas duas aí já conseguiram te traumatizar, Colorado?

Processei o fato de que ele tinha acabado de me dar um apelido, e Lia se aproximou, ficando entre nós dois.

— Traumatizar? — repetiu ela. — Parece até que você não confia em mim, Michael. — Ela fez beicinho e os olhos se arregalaram.

Michael riu com deboche.

— Por que será, né?

Um interpretador de emoções, uma especialista em enganação, uma estatística que não podia beber café e eu.

— É só isso? — perguntei. — Só nós quatro?

Lia não tinha mencionado mais uma pessoa?

A expressão de Michael ficou sombria. A boca de Lia se curvou lentamente em um sorriso.

— Então — disse Sloane, alegre e completamente alheia à mudança de energia no local. — Também tem o Dean.

# Capítulo 9

**Encontramos Dean na garagem.** Estava deitado em um banco preto, olhando para um ponto afastado da porta. O cabelo loiro--escuro estava grudado no rosto por conta do suor, a mandíbula contraída enquanto ele executava uma série de supinos lentos e metódicos. Cada vez que seus cotovelos travavam, eu ficava me perguntando se ele iria parar. Mas ele sempre continuava. Dean era musculoso, mas ao mesmo tempo esguio, e a primeira coisa que pensei foi que aquilo não era exercício. Estava mais para um castigo.

Michael revirou os olhos e foi para trás de Dean.

— Noventa e oito — disse ele, como se estivesse debochando do esforço do outro. — Noventa e nove. Cem!

Dean fechou os olhos por um breve momento e voltou a levantar a barra. Os braços tremeram de leve quando ele foi abaixar o peso. Michael não tinha a menor intenção de ajudar, e, para minha surpresa, Sloane passou por Michael, fechou as mãozinhas delicadas na barra e deu tudo de si para conseguir colocá-la no lugar.

Dean secou as mãos na calça jeans, pegou uma toalha que estava por perto e se sentou.

— Valeu — ele disse para Sloane.

— Torque — respondeu ela, em vez de *de nada*. — Meus braços é que foram a alavanca.

**62**   JENNIFER LYNN BARNES

Dean se levantou, com um sorrisinho sutil nos lábios, mas foi só me ver que o sorriso congelou no rosto.

— Dean Redding — disse Michael, se divertindo até demais com o óbvio incômodo repentino de Dean —, esta é Cassie Hobbes.

— Prazer — disse Dean, afastando os olhos escuros dos meus e os direcionando para o chão.

Lia, que até aquele momento tinha ficado incrivelmente quieta, arqueou uma sobrancelha em direção a Dean.

— Bem — disse ela —, isso não é exatamente...

— Lia. — A voz de Dean não foi alta nem ríspida, mas, assim que ele pronunciou seu nome, Lia parou.

— Não é exatamente o quê? — perguntei, apesar de eu saber que a próxima palavra que escaparia dos lábios dela seria *verdade*.

— Deixa pra lá — disse Lia, como se estivesse cantarolando.

Olhei para Dean: *Cabelo claro. Olhos escuros. Postura aberta. Punhos fechados.*

Prestei atenção na forma como ele estava de pé, as linhas de expressão, a camiseta branca suja e a calça jeans surrada. Seu cabelo precisava de um corte e ele estava encostado na parede, o rosto sombreado, como se aquele fosse o lugar dele.

*Por que não era um prazer me conhecer?*

— Dean — disse Michael, como se estivesse compartilhando uma informação completamente inútil — é perfilador Natural. Como você.

Essas duas últimas palavras pareciam mais direcionadas a Dean do que a mim, e, quando acertaram o alvo, Dean ergueu os olhos e passou a encarar Michael. Não havia nenhum indício de emoção no rosto de Dean, mas nos olhos dele havia, sim, *alguma coisa*, e me vi esperando que Michael fosse o primeiro a desviar o olhar.

— Dean — continuou Michael, os olhos fixos no rapaz, mas falando comigo — sabe mais sobre o jeito como os assassinos pensam do que praticamente qualquer um.

**ACADEMIA DOS CASOS ARQUIVADOS 63**

Dean jogou a toalha no chão. Com músculos contraídos, passou por Michael e Sloane, por Lia e por mim e, segundos depois, foi embora.

— Ele tem um temperamento forte — disse Michael, se encostando no banco de exercícios.

Lia deu uma risada debochada.

— Michael, se Dean tivesse o temperamento forte, você estaria morto.

— Dean não vai matar ninguém — disse Sloane, a voz tão séria que quase parecia cômica.

Michael tirou uma moeda do bolso e a jogou no ar.

— Quer apostar?

Naquela noite, não sonhei com nada. Também não dormi muito, uma cortesia de Sloane, que, apesar do corpinho delicado, aparentemente tinha as vias aéreas parecidas com um caminhão de carga pesada. Enquanto tentava ignorar o barulho do ronco dela, fechei os olhos e fiquei pensando em cada um dos Naturais que moravam naquela casa. *Michael. Dean. Lia. Sloane.* Nenhum era o que eu esperava. Nenhum se encaixava em um molde familiar. Quando caí naquele estado meio acordado e meio dormindo que era o mais perto que eu chegaria de um descanso real, fiz um jogo que havia inventado quando era pequena: mentalmente, tirei minha própria pele e vesti a de outra pessoa.

A de Lia.

Comecei com as características físicas: era mais alta e mais magra do que eu. Tinha o cabelo mais comprido e, em vez de dormir com ele enfiado embaixo da cabeça, o espalhava no travesseiro. Pintava as unhas e, quando estava agitada, tinha a mania de esfregar a unha do polegar esquerdo no polegar direito. Virei mentalmente a cabeça — a cabeça de Lia — para o lado e encarei seu armário.

Se a condição de Michael para Briggs tinha sido um carro, a condição de Lia deve ter sido roupas. Eu quase conseguia *ver* o armário quase explodindo de tão cheio. Quando consegui focar no quarto, senti meu subconsciente tomando o controle da situação. Senti que estava deixando para trás o mundo real e entrando nesse imaginário que eu havia construído na minha cabeça. Abandonei minha cama e meu armário, todas as minhas sensações físicas. Me permiti *ser* Lia, e um fluxo de informações me invadiu por todos os cantos. Como um escritor se perdendo em um livro, deixei que a simulação seguisse seu próprio rumo. Enquanto Sloane e eu éramos organizadas, na minha cabeça Lia era bagunceira, e seu quarto, um arquivo multissensorial de como havia sido os últimos meses. A arrumação dela do armário não fazia muito sentido: cheio de vestidos meio pendurados, meio escorregando dos cabides. Roupas, tanto sujas quanto limpas, novas e de todos os tipos, jogadas no chão.

Me imaginei levantando da cama. Quando estou no meu próprio corpo, geralmente me sento primeiro, mas Lia não perderia tempo fazendo isso. Ela rolaria da cama, pronta para atacar. O cabelo comprido caiu pelos meus ombros e enrolei uma mecha no dedo indicador: outro tique nervoso de Lia, algo que ela fazia para parecer que não tinha nada a ver com nervosismo.

Olhei para a porta do quarto. Fechada, lógico. Provavelmente trancada. Quem eu queria que ficasse de fora? De que tinha medo?

*Medo?* Revirei os olhos, a voz da minha mente soando cada vez mais como a de Lia. *Não tenho* medo *de nada.*

Fui na ponta dos pés até o armário, mexendo suavemente os quadris, e puxei a primeira camisa em que toquei. Foi uma escolha completamente aleatória, mas o que veio logo depois, não. Fui montando o *look* ao meu redor e, depois, me vesti como se fosse uma boneca. Com o tempo, passei a colocar bem mais espaço entre a superfície e tudo que havia embaixo.

Fiz o cabelo, os olhos, as unhas.

**ACADEMIA DOS CASOS ARQUIVADOS** 65

Mas aquela vozinha na minha cabeça não ia embora. A mesma que insistia que eu não estava com medo. Só que, desta vez, o que ela não parava de dizer era que eu estava ali, atrás daquela porta trancada com sabe-se lá o que esperando do lado de fora, porque não tinha para onde ir.

# Você

**Você está em casa agora.** Está só. Tudo em seu devido lugar — tudo, menos isso.

Você sabe que existem outras pessoas como você por aí. Outros monstros. Outros deuses. Sabe que não é a única pessoa que pega lembrancinhas, coisas que vão te servir para se recordar das garotas quando os gritos, os corpos e os lábios que suplicam, imploram e mentem não existirem mais.

Você anda em silêncio até o armário. Você o abre. Com cuidado, com delicadeza, você coloca o batom dessa piranha ao lado de todo o resto. Quando as autoridades forem revistar a bolsa dela, não vão notar que desapareceu.

Nunca notam.

Sorrindo tranquilamente, você passa a ponta dos dedos por cada coisa. Lembrando. Saboreando. Planejando.

Porque nunca é suficiente. Nunca acaba.

Principalmente agora.

# Capítulo 10

**No dia seguinte,** mal consegui olhar na cara de Lia. O jogo que eu tinha feito na noite anterior era o mesmo que fazia com estranhos quando era mais nova: crianças que conhecia em lanchonetes, pessoas que iam aos espetáculos da minha mãe. Todas essas pessoas nunca foram reais para mim... nem as coisas que imaginei quando mentalmente experimentei estar no corpo delas. Mas agora eu precisava me questionar o quanto aquilo era imaginação e o quanto era meu subconsciente tentando desvendar o comportamento de Lia.

Imaginei que ela fosse bagunceira... ou será que tinha descoberto isso quando fiz o perfil dela?

— Tem cereal no armário e ovos na geladeira — disse Judd, me cumprimentando por trás de um jornal quando entrei na cozinha, ainda refletindo sobre a pergunta. — Vou ao mercado às 9h. Se quiser alguma coisa, fale agora ou cale-se para sempre.

— Não quero nada, não — falei.

— Baixa manutenção, hein? — comentou Judd.

Dei de ombros.

— Eu tento.

Judd dobrou o jornal, levou a caneca vazia até a pia e a lavou. Um minuto depois, às 9h em ponto, me vi sozinha na cozinha. Depois de preparar uma tigela de cereal, voltei a quebrar a cabeça sobre a lógica da minha simulação de Lia, tentando entender como eu sabia o que sabia... e se sabia mesmo.

— Não faço ideia do que esse cereal fez, mas tenho certeza de que ele está muito arrependido — disse Michael ao se sentar ao meu lado à mesa da cozinha.

— Como?

— Faz uns cinco minutos que você não dá paz pra essa colher — disse Michael. — Isso aí se chama violência contra colher, isso, sim.

Peguei um cereal e joguei nele. Michael o pegou e colocou na boca.

— E aí, qual de nós foi agora? — perguntou Michael.

De repente, fiquei interessada no meu café da manhã.

— Qual é, Colorado. Quando você começa com suas análises, seu rosto vira uma mistura de concentração, curiosidade e calma. — Michael fez uma pausa, e aproveitei para comer uma colherada de cereal. — Os músculos do seu pescoço relaxam — ele prosseguiu. — Seus lábios se curvam um pouco pra baixo. Sua cabeça se inclina levemente pro lado e você fica com ruguinhas ao redor dos olhos.

Coloquei calmamente a colher na tigela.

— Eu não tenho ruguinhas.

Michael pegou minha colher... e uma colherada de cereal.

— Já te disseram que você fica fofa quando está irritada?

— Espero não estar interrompendo. — Lia entrou, pegou a caixa de cereal e começou a comer direto lá de dentro. — Pra ser bem honesta, não é verdade. O que quer que esteja acontecendo aqui, é um prazer interromper.

Tentei me segurar para não analisar Lia (e definitivamente tentei não franzir os olhos), mas era difícil ignorar o fato de que ela estava usando um pijama de seda quase transparente. E pérolas.

— E aí, Cassie? Está pronta para o seu primeiro dia de Introdução a Como Entrar na Cabeça dos Malvados? — Lia deixou de lado a caixa de cereal e foi até a geladeira. Sua cabeça desapareceu lá dentro quando ela começou a procurar. A parte de baixo do pijama deixava pouco espaço para imaginação.

ACADEMIA DOS CASOS ARQUIVADOS **69**

— Estou pronta — falei, desviando o olhar.

— Cassie nasceu pronta — disse Michael, e Lia, ainda com a cabeça dentro da geladeira, parou de mexer nas prateleiras por um instante. — Além do mais, o que quer que a agente Locke a mande fazer, deve ser melhor do que ficar vendo filmes em língua estrangeira. Sem legenda.

Contive minha vontade de sorrir por conta do tom irritado de Michael.

— Foi isso que te mandaram fazer no seu primeiro dia?

— Isso foi o que eles me mandaram fazer no primeiro *mês*. "As emoções não têm a ver com o que as pessoas dizem" — disse Michael, em um tom debochado —, "elas têm a ver com postura, expressões faciais e manifestações culturalmente específicas de experiências fenomenológicas universais."

Lia se afastou da geladeira de mãos vazias, fechou a porta e abriu o freezer.

— Coitadinho — disse ela para Michael. — Eu estou aqui há quase três anos e a única coisa que me ensinaram é que psicopatas mentem muito bem e agentes do FBI mentem muito mal.

— Você já conheceu muitos? — perguntei.

— Agentes do FBI? — Lia respondeu, fingindo não entender enquanto pegava do freezer um pote de sorvete de menta com gotas de chocolate.

Olhei bem para ela.

— Psicopatas.

Ela pegou uma colher na gaveta e ficou a balançando como se fosse uma varinha mágica.

— O FBI nos deixa escondidos numa casinha fofa em um bairro fofo numa cidade fofa. Você acha mesmo que Briggs vai me deixar ir junto em entrevistas em prisões? Ou então me mandar para alguma pesquisa de campo, onde eu poderia *fazer* alguma coisa de verdade?

Michael explicou as palavras de Lia de um jeito ligeiramente mais diplomático.

— O Bureau tem fitas — disse ele. — E filmes e transcrições. Casos arquivados, na maior parte das vezes. Coisas que ninguém nunca conseguiu resolver. E pra cada caso arquivado que nos trazem, há dezenas de casos que eles já solucionaram. Testes pra ver se somos tão bons quanto o agente Briggs diz que somos.

— Mesmo quando você dá a eles a resposta que estão procurando — continuou Lia, retomando de onde Michael parou —, mesmo quando os Todo-Poderosos sabem que você tem razão, mesmo assim querem saber por quê.

*Por que o quê?* Não fiz a pergunta em voz alta desta vez... mas Michael respondeu assim mesmo.

— Porque conseguimos e eles, não. — Ele esticou a mão e pegou mais uma colherada do meu cereal. — Eles não querem só nos treinar. Não querem só nos usar. Eles querem *ser* a gente.

— Isso mesmo — concordou uma nova voz. — Lá no fundo do meu coração, o que eu queria mesmo era ser Michael Townsend.

A agente Locke entrou na cozinha e foi direto até a geladeira. Estava à vontade, mesmo que morasse em outro lugar.

— Briggs deixou arquivos pra vocês dois — ela apontou para Michael e Lia — no escritório dele. Ele vai fazer uma simulação nova com Sloane hoje, e *eu* vou começar a colocar Cassie a par das novidades — Ela deu um suspiro profundo. — Não é nada tão glamouroso quanto ser um garoto de dezessete anos de mal com a vida, com problemas com os pais e dependência de gel de cabelo, mas *c'est la vie.*

Michael levantou a mão para coçar o rosto... e no meio do movimento sutilmente mostrou o dedo do meio para a agente Locke.

Lia girou a colher no dedo, como se fosse um cassetetezinho de sorvete.

— Lacey Locke, pessoal — disse ela, como se a agente do FBI fosse uma comediante e Lia, a apresentadora.

Locke sorriu.

**ACADEMIA DOS CASOS ARQUIVADOS** 71

— Judd não tem nenhuma regra sobre você ficar usando lingerie na cozinha, não? — perguntou a agente, olhando para o pijama da Lia. A garota deu de ombros, mas algo na presença de Locke parecia reprimi-la. Em questão de minutos, meus amigos Naturais tinham sumido. Nem Lia nem Michael pareciam querer ficar na companhia de uma perfiladora do FBI.

— Espero que não estejam complicando muito a sua vida — disse Locke.

— Não. — Na verdade, por um momento, conversar e comer junto com eles pareceu natural.

Sem nenhum trocadilho.

— Nem Michael nem Lia tiveram escolha sobre entrar no programa — disse Locke, esperando eu compreender a informação. — Isso tende a criar um clima ruim.

— Eles não são do tipo que reage bem a situações que não têm escolha — afirmei lentamente.

— Não — respondeu a agente Locke. — Não são. Já cometi muitos erros, mas sobre esse tenho a consciência limpa. Falta uma certa... *finesse* em Briggs. O cara nunca conseguiu ver um quadrado que não quisesse enfiar num círculo.

Essa descrição encaixou perfeitamente com a impressão que tive do agente Briggs. A agente Locke estava falando a minha língua, mas não tive tempo para aproveitar essa sensação.

Porque Dean estava parado bem na porta.

A agente Locke o viu ali e assentiu.

— Bem na hora.

— Na hora de quê? — perguntei.

Dean respondeu por Locke, mas, diferentemente da agente ruiva, ele não estava sorrindo. Não foi simpático. Ele não queria estar ali... e, a menos que eu estivesse enganada, ele não gostava de mim.

— Da sua primeira aula.

# Capítulo 11

**Se Dean estava infeliz** com a ideia de ter que passar a manhã comigo, ele ficou ainda menos satisfeito quando o plano da agente Locke para o meu primeiro dia exigiu que fizéssemos um breve passeio. Estava na cara que ele esperava uma aula teórica ou talvez uma simulação no porão, até que a agente Locke jogou para ele a chave do carro dela.

— Você dirige.

A maioria dos agentes do FBI não teria insistido para um garoto de dezessete anos dirigir... mas estava ficando cada vez mais claro para mim que Lacey Locke não era como a maioria dos agentes. Ela foi no banco da frente e eu me sentei atrás.

— Pra onde? — perguntou Dean à agente Locke enquanto dava ré para sair da frente da casa. Ela deu a ele um endereço e o garoto murmurou uma resposta. Tentei entender de onde vinha aquele leve sotaque que ouvi em sua voz.

*Era sulista.*

Durante todo o resto do trajeto, ele não falou mais uma única palavra. Tentei fazer uma leitura de Dean: não parecia tímido. Talvez fosse aquele tipo de pessoa que guardava as palavras para as raras ocasiões em que realmente tinha algo a dizer. Talvez ficasse na dele e usasse o silêncio como uma forma de manter as pessoas afastadas.

Ou talvez só não tivesse nenhum interesse em conversar com Locke ou comigo.

*Ele é um perfilador Natural*, pensei, me perguntando se o cérebro dele também estava a mil por hora, assimilando detalhes sobre mim da mesma forma como eu o analisava.

Era um motorista cuidadoso.

Quando alguém o fechava, os ombros se contraíam.

E quando chegamos ao nosso destino, ele saiu do carro, fechou a porta e ofereceu a chave para a agente Locke, tudo sem nem olhar na minha direção. Eu estava acostumada a me camuflar ao ambiente, mas, de alguma forma, vindo de Dean, aquilo parecia um insulto. Eu não era digna de ser perfilada... era como se ele não tivesse o menor interesse em me entender.

— Bem-vinda ao Shopping Westside — disse a agente Locke, me tirando do transe. — Tenho certeza de que não era bem isso que você estava esperando no seu primeiro dia, Cassie, mas eu queria ter uma noção do que você é capaz de fazer com pessoas normais antes de mergulharmos no lado anormal da coisa.

Dean olhou para o lado.

Locke chamou a atenção dele.

— Quer acrescentar alguma coisa?

Dean enfiou as mãos nos bolsos.

— É que já faz muito tempo que ninguém me pede pra pensar no lado *normal*.

Cinco minutos depois, estávamos em volta de uma mesa na praça de alimentação.

— Aquela mulher de casaco roxo — disse a agente Locke. — O que me diz sobre ela, Cassie?

Me sentei e segui o olhar dela até a mulher em questão. Tinha vinte e poucos anos. Usava tênis de corrida, calça jeans e o casaco de fleece. Ou ela praticava esportes e só tinha vestido a calça jeans porque estava indo ao shopping ou não era, mas queria que as pessoas pensassem que sim. Disse isso em voz alta.

— E o que *mais* você consegue me dizer? — perguntou a agente Locke.

Meus instintos me diziam que a agente Locke não queria detalhes: o que ela queria mesmo era a ideia geral. *Comportamento. Personalidade. Contexto.* Tentei integrar a Casaco Roxo ao ambiente. Ela tinha escolhido um lugar no extremo da praça de alimentação, apesar de haver uma série de mesas disponíveis mais perto do restaurante onde ela tinha comprado a comida. Havia muita gente sentada perto dela, mas a garota ficou completamente concentrada na refeição.

— Ela é estudante — falei. — Faz mestrado em alguma coisa, eu apostaria medicina. Não é casada, mas está em um namoro sério. Vem de uma família de classe média-alta, com ênfase no *alta*. Ela corre, mas não é obcecada por saúde. É provável que acorde cedo, gosta de fazer coisas que outras pessoas acham sofríveis e, se tem irmãos, são meninos ou mais novos do que ela.

Esperei a agente Locke responder. Mas ela não disse nada. Nem Dean.

Para preencher o silêncio, acrescentei uma última observação:

— Ela pega resfriado com facilidade.

Não havia outro motivo para a garota estar usando um casaco de fleece, mesmo em lugar fechado, em julho.

— O que te faz pensar que ela é estudante? — perguntou, finalmente, a agente Locke.

Encarei Dean e na mesma hora percebi que ele também havia notado.

— São 10h30 da manhã e ela não está no trabalho — falei.

— Está muito cedo para o horário de almoço e ela também não está vestida como se estivesse trabalhando.

A agente Locke arqueou uma sobrancelha.

— Pode ser que ela trabalhe de casa. Ou pode estar desempregada. Pode ser que dê aula em escola de ensino fundamental e esteja de férias.

Todas essas opções eram perfeitamente válidas, mas, para mim, de alguma forma pareciam erradas. Era difícil explicar, e me lembrei de Michael avisando que o FBI nunca pararia de tentar entender como eu fazia o que fazia.

Pensei na agente Locke dizendo que tinha aprendido a arte de fazer perfis do jeito mais difícil: uma aula de cada vez.

— Ela não está nem olhando pra eles.

Para minha surpresa, foi Dean quem me salvou daquela situação.

— Como? — A agente Locke disse, e logo voltou a atenção para ele.

— As outras pessoas aqui da mesma faixa etária que ela. — Dean indicou duas mães jovens com filhos pequenos e vários funcionários de loja de departamento em uma fila para comprar café. — Ela não está olhando pra elas. Não têm nada a ver com ela. Por isso acaba nem percebendo que têm a mesma idade. Ela presta mais atenção em universitários do que em outros adultos, mas é nítido que ela também não se considera um deles.

E essa era a sensação que eu não tinha conseguido pôr em palavras. Era como se Dean conseguisse ver dentro da minha cabeça, entender as informações quicando no meu cérebro... Mas lógico que não era isso. Ele não havia precisado entrar na minha cabeça, porque estava pensando exatamente a mesma coisa.

Depois de um longo silêncio, Dean olhou para mim.

— Por que medicina?

Desviei o olhar para a garota.

— Porque ela pratica corrida.

Dean abriu um sorrisinho leve.

— Ou melhor, ela é masoquista.

No outro lado da praça de alimentação, a garota de quem estávamos falando se levantou, e foi aí que pude ver as sacolas que ela segurava, as lojas por onde tinha passado. Tudo encaixava perfeitamente.

Eu não estava enganada.

— O que te faz pensar que ela tem namorado? — perguntou Dean, e por trás daquele sotaque percebi uma pontinha de curiosidade... e talvez até admiração.

Dei de ombros, principalmente porque não queria contar a ele que o motivo para eu ter tanta certeza disso era o fato de que, durante todo o tempo que passamos ali, ela não tinha nem olhado na direção de Dean.

De longe, ele parecia mais velho. Mesmo de calça jeans e camiseta preta desbotada, dava para ver os músculos sob o tecido das mangas. E os músculos que não estavam cobertos pelas mangas. O cabelo, os olhos, sua postura e o jeito como se mexia... Se ela fosse solteira, teria olhado.

— Jogo novo — disse a agente Locke. — Eu aponto o carro e você me fala sobre o dono ou dona.

Havia três horas que estávamos no shopping. Cheguei a pensar que ir para o estacionamento era sinal de que o treinamento do dia estava no fim, mas pelo visto eu estava enganada.

— Aquele ali, Cassie. Manda ver.

Abri a boca e a fechei novamente. Eu estava acostumada a começar pelas pessoas: a postura, o jeito de falar, as roupas, as profissões, o gênero, a forma como arrumavam o guardanapo no colo. Essa era a minha língua. Começar pelos carros era como dirigir de olhos fechados.

— No nosso campo de trabalho — disse a agente Locke enquanto eu prestava atenção em um Acura branco, refletindo se pertencia a alguém fazendo compras no shopping ou a alguém que trabalhava ali —, você não encontra o suspeito antes de traçar o perfil criminal. Você precisa ir até a cena do crime e reconstituir o que aconteceu. Você pega as provas físicas, transforma tudo isso em padrões de comportamento e tenta reduzir a abrangência de suspeitos. Você não sabe se está procurando um homem ou uma mulher, um adolescente ou um idoso. Sabe como eles mataram, mas não sabe por quê. Sabe como deixa-

**ACADEMIA DOS CASOS ARQUIVADOS** 77

ram o corpo, mas precisa descobrir como encontraram a vítima.
— Ela fez uma pausa. — Então, Cassie. De quem é esse carro? A marca e o modelo não me diziam muita coisa. Aquele carro podia pertencer a um homem ou a uma mulher, e estava estacionado na entrada da praça de alimentação, ou seja: eu não fazia ideia de qual era o destino do dono dentro do shopping. A vaga não era boa, mas também não era ruim. O jeito como o carro foi estacionado é que deixava meio a desejar.

— Estavam com pressa — falei. — O carro está torto e não se deram ao trabalho de procurar uma vaga melhor. — O que também me fez pensar que o motorista não tinha o ego inflado a ponto de ir atrás de uma vaga excelente, como se conseguir uma vaga ótima no shopping fosse indicativo de moral. — Não tem cadeirinha dentro do carro, então nada de filhos pequenos. Nada de adesivos no para-choque, e o carro foi lavado há relativamente pouco tempo. Não vieram aqui pra comer, porque isso não é motivo de pressa, mas estacionaram de frente para a praça de alimentação, então das duas, uma: ou não sabem onde fica o lugar para onde estão indo ou a loja fica perto daqui.

Fiz uma pausa, esperando que Dean continuasse de onde eu parei, mas ele ficou em silêncio. A agente Locke me deu um único conselho.

— Não diga *estavam*.

— Não quis dizer no plural — falei apressadamente. — É que ainda não decidi se a pessoa é um homem ou uma mulher.

Dean desviou o olhar para a entrada do shopping e de volta para mim.

— Não é isso que ela quer dizer. *Estavam* acaba te deixando no escuro. Assim como usar *ele* e *ela*.

— Então que palavra devo usar?

— Oficialmente — disse a agente Locke — nós usamos o termo *Elemento Desconhecido*... ou UNSUB, na sigla em inglês para Unknown Subject.

— E não oficialmente? — perguntei.

Dean colocou as mãos nos bolsos.

— Se você quiser entrar na cabeça de alguém — disse ele, ríspido —, use a palavra *eu*.

Na noite anterior, eu tinha me imaginado no corpo de Lia, tinha imaginado como era ser ela. Eu conseguia me imaginar dirigindo aquele carro, estacionando desse jeito, saindo... mas a questão ali não eram carros. Até porque eu não faria perfis de pessoas fazendo compras.

Eu faria perfis de assassinos.

— E se eu não quiser fingir que sou a pessoa? — perguntei. Eu sabia que, se fechasse os olhos, se piscasse, estaria de volta no camarim da minha mãe. Conseguiria ver o sangue. Sentir o cheiro. — E se não conseguir?

— Aí você deu sorte. — disse Dean, baixinho, mas me olhando com uma expressão séria. — E devia estar em casa.

Meu estômago embrulhou. Ele não achava que ali era meu lugar. De repente, foi bem fácil lembrar que, quando nos conhecemos no dia anterior e ele disse "prazer", não passou de uma mentira.

A agente Locke tocou no meu ombro.

— Se você quiser se aproximar de um unsub, mas não quiser se colocar no lugar dele, pode usar uma outra palavra.

Dei as costas para Dean e concentrei toda a minha atenção na agente Locke.

— E que palavra é essa? — perguntei.

Locke olhou bem nos meus olhos.

— *Você*.

# Capítulo 12

**Naquela noite,** sonhei que caminhava por um corredor estreito com piso de azulejo. As paredes eram brancas. O único som no ambiente vinha dos meus tênis se arrastando no chão limpo. *Isso não está certo. Tem alguma coisa errada aqui.* Luzes fluorescentes oscilaram logo acima e, no chão, minha sombra piscou. No fim do corredor havia uma porta de metal da mesma cor das paredes. Estava entreaberta, e me perguntei se tinha sido eu quem a deixara desse jeito ou se minha mãe tinha entreaberto a porta para ficar de olho em mim. *Não entra aí. Para. Você tem que parar.*

Eu sorri e continuei andando. Um passo, dois passos, três passos, quatro. Em algum nível, eu sabia que aquilo não passava de um sonho, sabia o que encontraria quando abrisse a porta... e mesmo assim não consegui parar. Meu corpo parecia dormente da cintura para baixo. Meu sorriso já estava me machucando.

Toquei na porta de metal e empurrei.

— Cassie?

Minha mãe estava parada lá dentro, toda vestida de azul. Fiquei com um nó na garganta; não porque ela estava linda — e estava mesmo — nem por ela estar prestes a me chamar a atenção por demorar tanto para voltar ao meu lugar na plateia.

Senti um aperto no peito. Aquilo estava errado. Nada daquilo tinha acontecido, e eu queria tanto que tivesse.

*Por favor, que isso não seja um sonho. Que seja real, só por uma vez. Que não seja...*

— Cassie? — Minha mãe tropeçou para trás e caiu. O sangue manchou de vermelho a seda azul de sua roupa. Espirrou nas paredes. Era tanto sangue... mas tanto. *Ela está rastejando no sangue, escorregando, mas, aonde quer que ela vá, a faca continua cravada no mesmo local.* Mãos agarraram os tornozelos dela. Me virei, tentando ver o rosto de quem a atacou, até que, do nada, minha mãe desapareceu e eu estava mais uma vez do lado de fora da porta. Minha mão a empurrou. *Foi assim que aconteceu*, pensei estupidamente. *Isso é real.* Entrei naquela escuridão. Senti uma coisa molhada e gosmenta sob meus pés, e o cheiro... meu Deus, o cheiro. Comecei a tatear, procurando o interruptor. *Não. Não liga, não...* Acordei no susto.

Na cama ao lado da minha, Sloane dormia pesado. Eu já tinha tido aquele mesmo sonho tantas vezes que sabia que não adiantava voltar a fechar os olhos. Saí da cama em silêncio e fui até a janela. Eu precisava fazer alguma coisa: me inspirar na mulher cujo perfil eu havia feito de manhã e correr até ficar com dor no corpo ou me deixar influenciar por Dean e descontar tudo em levantamento de peso. Até que reparei no quintal... e, mais especificamente, na piscina.

O quintal estava pouco iluminado, e a água reluzia ao luar. Sem fazer barulho, peguei um maiô e saí do quarto sem acordar Sloane. Minutos depois eu já estava sentada na beira da piscina. Mesmo na calada da noite, o ar estava quente. Coloquei as pernas na água.

Entrei na piscina e, aos poucos, a tensão foi saindo do meu corpo. Meu cérebro desacelerou. Por alguns minutos só fiquei boiando, ouvindo os sons do bairro à noite: os grilos, o vento e mi-

**ACADEMIA DOS CASOS ARQUIVADOS** 81

nhas mãos se movendo na água. De repente, eu parei. Parei de boiar, parei de lutar contra a gravidade... e me permiti afundar. Abri os olhos embaixo d'água, mas não consegui enxergar nada. Estava tudo escuro ao redor, até que, de repente, vi um brilho na superfície da piscina. Eu não estava sozinha.

*Você não tem como afirmar*, falei para mim mesma, mas consegui ver um leve borrão, como se alguém estivesse se movimentando, e foi aí que essa declaração caiu por terra. Realmente havia alguém ali... e eu não podia continuar embaixo d'água para sempre.

Em um piscar de olhos, senti como se estivesse naquele corredor estreito dos meus sonhos, andando lentamente na direção de algo horrível.

*Não é nada.*

Mesmo assim, lutei contra a necessidade de respirar. Eu queria, de uma maneira irracional, continuar embaixo d'água, onde era seguro. Mas não podia. A água pressionava meus ouvidos, e quando meus pulmões começaram a implorar por ar, me vi cercada pelo som dos meus batimentos.

Subi devagar, emergindo na superfície o mais silenciosamente possível. Comecei a nadar, fazendo um círculo e tentando descobrir quem era a outra pessoa que estava ali no quintal. De primeira, não vi nada... até que o luar incidiu de uma forma que consegui enxergar dois olhos.

Olhando para mim.

— Não sabia que você estava aqui — disse o dono daqueles olhos. — Vou indo nessa.

Meu coração continuou acelerado, mesmo depois que percebi que a voz pertencia a Dean. Agora que meu cérebro tinha identificado quem era, consegui distinguir mais algumas feições dele. O cabelo caía no rosto. Os olhos, que até um momento atrás eu tinha interpretado como os de algum tipo de predador, agora só pareciam surpresos.

Estava na cara que ele não esperava que alguém estivesse nadando às 3h da manhã.

— Não — falei, minha voz percorrendo a superfície da água até chegar a Dean. — O quintal também é seu. Fica.

Me senti ridícula por ter ficado tão tensa. Aquela era uma cidadezinha tranquila e monótona. O quintal era cercado. Ninguém sabia para que o FBI estava nos treinando. Nós não éramos alvos de nada. Aquilo não fazia parte do meu sonho.

Eu não era a minha mãe.

Por um bom tempo, fiquei pensando que Dean se viraria e iria embora, mas ele acabou se sentando perto da beira da piscina.

— O que você está fazendo aqui?

Por algum motivo, me senti tentada a contar a verdade.

— Não estava conseguindo dormir.

Dean olhou para o quintal, pensativo.

— Faz muito tempo que parei de dormir. Na maioria das noites consigo umas três horas de sono, no máximo quatro.

Eu havia contado uma verdade para ele e, em troca, ele me contara outra. Ficamos os dois em silêncio, ele na beira da piscina e eu boiando no meio da água.

— Aquilo não foi real, sabe — ele falou olhando para as mãos, não para mim.

— O que não foi real?

— Hoje. — Dean fez uma pausa. — Lá no shopping com Locke. Aqueles joguinhos no estacionamento. Não é assim que funciona.

Na luz fraca do luar, os olhos dele estavam tão escuros que ficaram quase pretos, e algo no jeito como ele me olhava me fez perceber que ele não estava me criticando.

Estava tentando me *proteger*.

— Eu sei como funciona — falei. E sabia melhor do que ninguém. Virei de costas para ele e fiquei com os olhos fixos no céu, sabendo que ele estava me olhando.

**ACADEMIA DOS CASOS ARQUIVADOS 83**

— Briggs não devia ter te trazido para cá — ele finalmente disse. — Este lugar vai destruir você.

— Destruiu Lia? — perguntei. — Ou Sloane?

— Elas não são perfiladoras.

— Este lugar *te* destruiu?

Dean não hesitou nem por um segundo.

— Não restava mais nada pra ser destruído.

Nadei até a borda, até ficar bem ao lado dele.

— Você não me conhece — falei, saindo da água. — Este lugar não me assusta. Não tenho medo de aprender a pensar como um assassino... e não tenho medo de *você*.

Eu nem sabia por que tinha acrescentado aquelas últimas cinco palavras, mas foram as que fizeram os olhos dele faiscarem. Estava na metade do caminho até a casa quando o ouvi se levantar. Fiquei ouvindo enquanto ele andava pela grama até chegar à casinha da piscina. Ouvi quando ele apertou um interruptor.

De repente, o quintal não estava mais aquele breu, e demorei um momento para entender de onde estava vindo a luz. A piscina estava *brilhando*, não tinha outra palavra para descrever. A impressão era que alguém tinha entornado tinta que brilha no escuro na beira. Uma gotinha de cor fluorescente aqui, outra gota ali. Extensas manchas coloridas. Bolhas. Quatro manchas, uma do lado da outra, no azulejo na lateral da piscina.

Olhei para Dean.

— Luz negra — disse ele, como se essa fosse toda a explicação de que eu precisava.

Não consegui evitar. Cheguei mais perto. Agachei para ver melhor. E foi nessa hora que vi o contorno de um corpo brilhando no fundo da piscina.

— O nome dela era Amanda — disse Dean.

Foi só então que percebi o que eram as manchas e os pingos de tinta no concreto e na lateral da piscina.

*Sangue.*

A cor tinha me enganado, apesar daquele padrão ser bem familiar.

— Foi esfaqueada três vezes. — Dean não olhou para mim nem para a piscina. — Bateu a cabeça no cimento quando escorregou no próprio sangue. Ele pressionou o pescoço dela, e empurrou o tronco da garota pela lateral da piscina.

Eu conseguia visualizar a cena, ver o assassino ao lado do corpo de uma garota. Ela deve ter esperneado. Deve ter tentado arranhar as mãos do homem, tentado se segurar na lateral da piscina.

— Ele a segurou embaixo d'água. — Dean se ajoelhou ao lado da piscina e demonstrou, imitando o movimento. — A afogou. E só depois a soltou. — Ele libertou a vítima imaginária, deixando-a seguir até o meio da piscina.

— Isso aqui é uma cena de crime — falei. — Uma das cenas de crime falsas que usam pra ficar nos testando, como aqueles cenários do porão.

Dean olhou para o meio da piscina, onde o corpo da vítima teria estado.

— Não é uma cena de crime falsa — ele disse, finalmente. — Aconteceu de verdade. Só não foi aqui.

Estiquei a mão para tocar no ombro de Dean. Ele se afastou e se virou para me olhar, cara a cara comigo.

— Tudo neste lugar, a casa, o quintal, a piscina... tudo foi construído com algo em mente.

— Imersão completa — falei, sustentando seu olhar. — Como naquelas escolas em que só se fala francês.

Dean gesticulou em direção à piscina.

— Aquilo ali não é uma língua que as pessoas deviam querer aprender.

Pessoas normais, era isso que Dean queria dizer. Mas eu não era normal. Eu era uma Natural. E aquela cena de crime falsa não era a pior coisa que eu já tinha visto.

Me virei para voltar para a casa. Ouvi Dean andando pela grama. Ouvi-o apertar o interruptor. E quando olhei para trás, a piscina não passava de uma piscina. O quintal não passava de um quintal. E o contorno do corpo tinha desaparecido.

# Capítulo 13

**Na manhã seguinte,** dormi até mais tarde e acordei com a sensação de estar sendo observada.

— Toc-toc.

Com base no cumprimento (e no fato de que a pessoa falando tinha ao mesmo tempo aberto minha porta, batido e dito isso), eu esperava dar de cara com Lia. Mas, quando abri os olhos, me deparei com a agente Locke parada na minha porta, com um copo do Starbucks em uma das mãos e a chave do carro na outra.

Olhei para a cama de Sloane, mas estava vazia.

— Dormiu tarde? — minha nova mentora perguntou, as sobrancelhas arqueadas.

Pensei em Dean e na piscina e decidi que aquela não era uma conversa que eu queria ter.

— Sério? — disse a agente Locke, analisando a expressão no meu rosto. — Eu estava brincando, mas você está com aquela cara de "fiquei acordada até tarde com um garoto". Acho que a gente devia ter uma conversa de meninas.

Eu não sabia o que era pior: Locke pensando que eu tinha ido dormir tarde por conta de uma paixonite adolescente idiota ou ela ter falado aquilo de um jeito tão parecido com como minhas primas falavam.

— Nada de conversa de meninas — falei. — Regra número um. Nunca.

A agente Locke assentiu.

— Anotado. — Ela olhou meu pijama e gesticulou em direção ao armário. — Levanta. Se veste. — Ela jogou a chave do carro para mim. — Vou chamar Dean. Você dirige.

Não fiquei exatamente animada quando as orientações da agente Locke acabaram nos levando de volta ao shopping... especificamente até os biscoitos da sra. Fields. Depois de ver aquela mancha de sangue falsa na borda da piscina na noite anterior, fazer o perfil de pessoas no shopping pareceu não ter o menor sentido. Pareceu bobagem. *Se ela nos fizer adivinhar que tipo de biscoito as pessoas vão pedir...*

— Três anos e meio atrás, Sandy Harrison estava aqui com o marido e três filhos. O marido levou o filho de oito anos à livraria e ela ficou com as duas meninas mais novas — disse a agente Locke em um tom de voz perfeitamente normal. Ninguém se virou para nos olhar, mas as palavras dela me deixaram paralisada. — Sandy e as meninas estavam na fila pra comprar limonada. Madelyn, de três anos, foi direto para os biscoitos, e Sandy teve que puxá-la de volta. Era época de Natal e o shopping estava lotado. Madelyn precisava desesperadamente dormir e estava à beira de um ataque de birra. A fila estava andando. Quando chegou a vez de Sandy, ela se virou para perguntar à filha mais velha, Annabelle, se queria limonada normal ou cor-de-rosa.

Eu sabia o que ela iria dizer.

— Annabelle tinha desaparecido.

Era fácil imaginar o shopping nas vésperas do Natal, visualizar a jovem família se separando, o pai levando o filho e a mãe precisando segurar a peteca com as filhas mais novas. Imaginei a menorzinha prestes a começar o ataque de birra, a atenção da mãe dividida. Imaginei-a olhando para baixo e percebendo que, apesar de só ter desviado o olhar por alguns segundos, apesar de sempre ter sido *tão* cuidadosa...

— A segurança do shopping foi imediatamente acionada. Em meia hora já tinham chamado a polícia. Interromperam o fluxo de pessoas entrando e saindo do shopping. O FBI foi chamado e acionamos o alerta AMBER. Se uma criança não é encontrada nas primeiras 24 horas, há uma boa chance de nunca ser encontrada viva.

Engoli em seco.

— Vocês a encontraram?

— Encontramos — respondeu a agente Locke. — A pergunta é: *você* teria encontrado? — Ela deixou a pergunta pairando no ar por um ou dois segundos. — A primeira hora é a mais crucial, e você já perdeu isso. A garota estava desaparecida havia 97 minutos quando você recebeu o chamado. Você precisa descobrir quem a levou e por quê. A maioria dos sequestradores faz parte da família, mas os pais dela não eram divorciados e não havia nenhum problema relacionado à guarda. Você precisa descobrir os segredos dessa família. Precisa conhecê-los do avesso... e precisa entender como alguém tirou aquela garotinha do shopping. O que você faz?

Olhei ao redor, para as pessoas no shopping.

— Filmagens de segurança? — perguntei.

— Nada — disse Locke, sucinta. — Não tem nenhuma prova física, nadinha.

Dean falou:

— Ela não gritou. — A agente Locke assentiu e ele continuou: — Mesmo nas vésperas do Natal, mesmo no meio de uma multidão, não vou correr o risco de pegar à força uma criança com a mãe a um metro de distância.

Como não consegui entrar na cabeça do sequestrador, fiz o que dava para fazer: entrei na de Annabelle.

— Estou vendo uma pessoa. Talvez eu o conheça. Talvez ele tenha algo que eu quero. Ou talvez ele tenha deixado alguma coisa cair e eu queira devolver. — Fiz uma pausa. — Não sou eu que estou chorando e pedindo biscoito. Eu sou a irmã mais velha. Sou uma boa menina. Sou *madura*... então o sigo. Só pra olhar melhor, só pra devolver alguma coisa pra ele, sei lá... —

**ACADEMIA DOS CASOS ARQUIVADOS 89**

Dei cinco passos, até chegar a um canto e dar de cara com uma porta de serviço.

Gentilmente, Dean foi abri-la, mas estava trancada.

— Talvez eu trabalhe aqui — disse ele. — Talvez eu tenha roubado o cartão de acesso. De um jeito ou de outro, estou preparado. Estou pronto. Talvez eu só estivesse esperando que uma criança, qualquer uma, mordesse a isca.

— Essa é a questão, não é? — disse a agente Locke. — A ocasião fez o ladrão ou será que a garota era um alvo específico? Pra encontrá-la, vocês precisam saber.

Dei um passo atrás, tentando visualizar toda a cena.

— Que tipo de pessoa vocês estão procurando? — perguntou a agente Locke. — Homem? Mulher? Qual a faixa etária? É inteligente? Qual a sua formação?

Olhei para a loja de biscoitos, para a porta de serviço e, finalmente, para Dean. Era disso que ele estava falando na noite anterior. Era esse o trabalho.

Toda profissional, me virei para a agente Locke.

— Qual exatamente era a idade da garota?

# Capítulo 14

— **A Locke está te sobrecarregando?** — perguntou Michael, se aproximando de mim de repente no café da manhã; um hábito que passei a esperar, ansiosa, ao longo da semana. Todos os dias a agente Locke aparecia com um novo desafio, e todos os dias eu o solucionava. Com Dean.

Às vezes, parecia que as manhãs com Michael eram minha folga de verdade.

—Alguns de nós gostam de pegar pesado no trabalho — falei.

—Ao contrário daqueles que são o produto arrogante de uma criação cheia de privilégios? — perguntou Michael, arqueando as sobrancelhas.

— Não foi isso que eu quis dizer.

Ele se inclinou, mexendo no meu rabo de cavalo.

— Vou fingir que acredito, Colorado.

— Você odeia mesmo isso aqui? — perguntei. Eu não sabia se ele realmente detestava o programa ou se aquela atitude não passava de fingimento. A maior coisa que eu tinha descoberto sobre Michael na semana anterior era que havia uma imensa probabilidade de que ele estivesse usando máscaras por bem mais tempo do que trabalhava para o FBI. Fingir ser uma coisa que não era já era algo automático para ele.

— Digamos que eu tenha essa rara habilidade de ficar insatisfeito onde quer que esteja — disse Michael —, embora esteja começando a pensar que este lugar tem, sim, suas vantagens.

Desta vez, em vez de mexer no meu rabo de cavalo, ele tirou uma mecha do meu rosto.

— Cassie. — A voz de Dean me pegou de surpresa, e dei um pulo. — Locke chegou.

— Só trabalho e nenhuma diversão — sussurrou Michael.

Eu o ignorei... e fui trabalhar.

— Um. Dois. Três. — A agente Locke foi colocando as fotos na mesa, uma de cada vez. — Quatro, cinco, seis e sete. Duas fileiras de perguntas — três em uma e quatro na outra — me espiavam da mesa da cozinha. Em cada foto um corpo diferente: olhos vidrados, membros espalhados de qualquer jeito.

— Estou atrapalhando?

Locke, Dean e eu nos viramos e vimos Judd na porta.

— Sim — disse Locke com um sorriso. — Está. Como podemos ajudar, Judd?

O homem mais velho conteve um sorriso.

— Você, mocinha, pode me dizer onde é que Briggs está?

— Está trabalhando em um caso na rua — respondeu Locke.

— Hoje só eu estou aqui.

Judd ficou um instante em silêncio. Desviou os olhos para as fotos na mesa da cozinha e arqueou a sobrancelha para Locke.

— Dá um jeito nessa bagunça quando terminar.

Depois disso, Judd nos deixou em paz e eu voltei a prestar atenção nas fotos. As três da fileira de cima mostravam mulheres mortas jogadas na calçada. As quatro de baixo retratavam um ambiente interno: duas em camas, uma no chão da cozinha, uma estendida em uma banheira. Três vítimas haviam sido esfaqueadas. Duas tinham levado tiros. Uma tinha sido espancada até morrer, a outra, estrangulada.

Me obriguei a olhar para as fotos. Se piscasse, se me virasse, se me encolhesse, talvez não conseguisse olhar novamente. Dean, ao meu lado, também observava as fotos — da esquerda para a direita, de cima a baixo, como se estivesse fazendo um inventário, como se os corpos naquelas fotos não tivessem sido pessoas: a mãe de alguém, o amor de alguém.

— Sete corpos — disse a agente Locke. — Cinco assassinos. Três dessas mulheres foram mortas pelo mesmo homem. As outras quatro, assassinadas por pessoas diferentes. — A agente Locke deu uma batidinha em cima de cada foto, fazendo meu olhar passar de uma a outra. — Vítimas diferentes, locais diferentes, armas diferentes. O que é significativo? O que não é? Como perfiladores, uma boa parte do nosso trabalho é identificar padrões. Existem milhões de casos não resolvidos por aí. Como podemos saber se o assassino que estamos procurando é responsável por algum deles?

Eu nunca sabia quando a agente Locke estava fazendo uma pergunta retórica e quando realmente esperava uma resposta. Alguns segundos de boca fechada me fizeram perceber que aquela situação era um exemplo da primeira.

A agente Locke se virou para Dean.

— Poderia explicar para Cassie a diferença entre o mo de um assassino e sua assinatura?

Dean afastou o olhar das fotos, se obrigando a me encarar. Estudar corpos mutilados era rotina. Agora, falar comigo... pelo visto, *essa* era a parte difícil.

— mo significa *modus operandi* — disse ele, e foi o máximo que conseguiu antes de afastar o olhar do meu rosto para um ponto acima do meu ombro esquerdo. — Modo de operação. Se refere ao método usado pelo assassino. Local, arma, como ele escolhe as vítimas, como as domina... isso é o mo do assassino.

Ele encarou as próprias mãos, e fiz o mesmo. Suas palmas eram calejadas, e ele tinha as unhas curtas e irregulares. Uma fina cicatriz branca ia da base do polegar direito até a parte externa do pulso.

— O mo de um assassino pode mudar — continuou Dean, e tentei me concentrar no que ele dizia em vez de na cicatriz.

ACADEMIA DOS CASOS ARQUIVADOS  93

— Um UNSUB pode começar matando as vítimas rapidamente. Ele não tem certeza de que vai conseguir se safar, mas, com tempo e experiência, muitos UNSUBs acabam desenvolvendo formas de saborear o momento de matar. Alguns assassinos vão aumentando o nível, se arriscando mais, diminuindo o intervalo entre vítimas.

Dean fechou os olhos por uma fração de segundo e logo os abriu novamente.

— Qualquer detalhe sobre o MO de um UNSUB é passível de mudança, então embora possa ser *esclarecedor* entender o MO, isso não é exatamente infalível. — Dean voltou a passar o dedo pela fotografia mais próxima. — É aí que entra a assinatura.

Com a pausa na explicação, a agente Locke pegou o gancho.

— O MO de um UNSUB inclui todos os elementos *necessários* pra alguém cometer um crime e conseguir escapar. Sendo um assassino, você *precisa* escolher uma vítima, *precisa* ter um meio de executar o crime sem ser notado, *precisa* ter habilidade física ou algum tipo de arma com que possa cometer o assassinato. Você *precisa* se livrar do corpo de alguma maneira.

A agente Locke apontou para a foto que tinha chamado a atenção de Dean.

— Mas depois que você dá uma facada nas costas de alguém, você não *precisa* rolar a pessoa e colocar os braços em uma posição determinada, com as palmas ao lado do corpo. — Ela parou de apontar, mas continuou falando sobre outros assassinos e coisas que ela tinha visto trabalhando no FBI. — Você não *precisa* beijar a testa da vítima nem cortar os lábios fora nem deixar um origami ao lado do corpo.

Locke estava com o rosto sério, mas não parecia nem de longe tão desconectada quanto Dean. Havia um tempo que ela estava fazendo aquele trabalho, mas aquilo tudo ainda a afetava... do mesmo jeito como provavelmente sempre me afetaria.

— Todos nós chamamos de *assinatura* essas ações adicionais e o que elas nos contam sobre um UNSUB. A assinatura de um UNSUB nos dá algumas pistas sobre a personalidade dele ou dela: fantasias, necessidades arraigadas, emoções.

Dean olhou para as próprias mãos.

— Essas necessidades, essas fantasias, essas emoções — disse ele — não mudam. Um assassino pode trocar de arma, pode começar a matar num ritmo mais rápido, pode alterar o local, pode começar a mirar numa categoria diferente de vítimas... mas a assinatura se mantém a mesma.

Voltei a atenção para as fotos. Três mulheres tinham sido esfaqueadas: duas em becos sem saída, uma na própria cozinha. A vítima da cozinha chegou a lutar; mas, pelo visto, as outras duas nem tiveram chance.

— Essas duas — falei, pegando as primeiras fotos de vítimas esfaqueadas. — O assassino as surpreendeu. Você comentou que o UNSUB esfaqueou essa aqui por trás. — Indiquei a garota da esquerda. — Depois que ela morreu, ou tão perto disso que ela já nem tinha mais forças para lutar, o assassino a virou. Pra que ela pudesse olhar pra ele.

Era disso que a agente Locke estava falando quando usou a expressão *necessidade arraigada*. O assassino tinha atacado aquela garota por trás, mas, por algum motivo, era importante para ele que ela visse seu rosto e que ele visse o dela.

— Não diga *ele* — advertiu Dean. Depois mudou de posição, e de repente consegui sentir o calor que vinha do corpo dele. — Diga *você*, Cassie. Ou *eu*.

— Tudo bem — falei, e foi então que parei de falar sobre o assassino... e comecei a falar *com* ele. — Você quer que elas te vejam. Quer ficar na frente delas. E quando elas estão jogadas no chão, morrendo, ou talvez até depois de morrerem, você não consegue se impedir de tocar nelas. Você ajeita as roupas. Estica os braços ao lado do corpo. — Voltei o olhar para a foto da garota que o assassino tinha atacado por trás e algo me chamou atenção. — Você as acha bonitas, mas garotas assim, mulheres assim... nunca nem te olham. — Fiz uma pausa. — Então você *as obriga* a olhar.

Olhei para a foto seguinte: outra mulher, esfaqueada e encontrada morta na calçada. Como a primeira, havia sido escolhida por mera conveniência. Mas, de acordo com as anotações na foto, aquela não tinha sido esfaqueada por trás.

— Não foi suficiente — falei. — Virá-la depois de morrer não foi suficiente. Então a próxima você atacou de frente. Assim como a primeira vítima, aquela tinha sido cuidadosamente colocada de costas, o cabelo espalhado em volta do rosto como uma auréola nada natural. Sem nem pensar, peguei a terceira foto da fileira de cima, uma vítima de tiro que havia morrido correndo, e botei de lado. Não tinha sido feito pelo mesmo UNSUB — aquele era um assassinato rápido, limpo, sem uma pontinha de desejo envolvido.

Voltei a prestar atenção na fileira de baixo, passei os olhos por cada uma das fotos, tentando manter as emoções sob controle, como Dean fazia. Uma daquelas quatro mulheres tinha sido morta pelo mesmo UNSUB que as duas primeiras. A resposta mais fácil — e errada — teria sido a terceira vítima de facada, mas ela tinha sido esfaqueada na cozinha, com uma faca de sua própria gaveta. Tinha lutado, tinha morrido ensanguentada e o assassino a tinha deixado lá, a saia puxada para o lado, o corpo todo contorcido.

*Você precisa vê-las*, falei em silêncio para o assassino, imaginando sua silhueta. *Você precisa que elas te vejam. Elas precisam ser bonitas.*

Aquela terceira vítima tinha sido morta após as duas primeiras. O MO do UNSUB tinha mudado: era uma arma diferente, um local diferente. Mas, lá no fundo, o assassino continuava o mesmo. Ainda era a mesma pessoa com aquelas mesmas necessidades doentias arraigadas.

*Cada vez que você mata, você acaba precisando de mais. Você precisa se superar. Ela precisa se superar. Matar mulheres no meio da rua já não era mais suficiente. Você não queria uma rapidinha num beco sem saída. Queria um relacionamento. Uma mulher. Um lar.*

Olhei para as duas mulheres mortas em seus quartos. As duas tinham sido encontradas deitadas na cama. Uma havia levado um tiro. A outra tinha sido estrangulada. *Você a pega à noite. Em casa. No quarto. Ela não finge que não te vê agora, não é? Ela não é boa demais pra você agora.* Tentei imaginar o UNSUB atirando em uma mulher, mas a conta não fechava. *Você quer que ela te veja. Quer que ela te toque. Quer sentir a vida se esvaindo dela aos poucos.*

— Essa foi a última — falei, apontando para a mulher que havia sido estrangulada na cama. — MO diferente. Mesma assinatura.

Aquela mulher tinha morrido olhando para seu assassino; ele a posicionara com a cabeça apoiada no travesseiro e o cabelo castanho espalhado em volta do rosto imobilizado pela morte.

De repente, fiquei enjoada. Não só pelo que tinha acontecido àquelas mulheres. Mas porque, por um momento, eu me conectei com a pessoa que tinha feito aquilo. Eu tinha *entendido*.

Senti a mão quente e firme de alguém na minha nuca. Dean.

— Tá tudo bem — disse ele. — Vai passar.

Isso vindo do cara que não queria que eu fosse ao lugar onde tinha acabado de ir.

— Só respira — aconselhou, os olhos escuros fixos nos meus. Sustentei seu olhar e me concentrei no rosto dele, no aqui, no agora, e em mais nada.

— Está tudo bem, Cass? — perguntou a agente Locke, que, apesar de tudo, parecia preocupada. Eu quase a conseguia ver se perguntando se tinha me levado longe demais rápido demais.

— Estou ótima — falei.

— Mentirosa. — Lia entrou na cozinha como se fosse uma modelo na passarela, mas, pela primeira vez, fiquei feliz pela distração.

— Tá — falei, me corrigindo. — Não estou ótima, mas vou ficar. — E me virei para encarar Lia. — Satisfeita?

Ela sorriu.

— Feliz da vida.

A agente Locke pigarreou, a expressão severa de um jeito que me fez lembrar o agente Briggs.

— Nós ainda estamos trabalhando aqui, Lia.

Lia olhou para mim e depois para Dean, que baixou as mãos até a lateral do corpo.

— Não — disse ela. — Não estão.

Não soube dizer se Lia estava chamando a atenção de Locke pela mentira ou se afirmou aquilo como forma de mandar a agente deixá-la em paz. Também não soube dizer se ela tinha feito isso por minha causa... ou por causa de Dean.

— Tudo bem — cedeu a agente Locke. — Minha maravilhosa aula sobre a diferença entre assassinos organizados e desorganizados pode esperar até amanhã. — O celular dela vibrou, então Locke o pegou do bolso, olhou para a tela por uns segundos e logo se corrigiu. — E por "amanhã" quero dizer segunda-feira. Tenham um ótimo fim de semana.

— Alguém tem um caso em que trabalhar — disse Lia, os olhos brilhando.

— Alguém tem que viajar — respondeu a agente Locke. — Para os ímpios não existe descanso, e por mais que eu quisesse levar um detector de mentiras humano pra uma cena de crime, Lia, este programa não faz isso. Você sabe.

Eu tinha ficado enjoada por causa daquelas fotos de mulheres havia muito tempo mortas e um assassino já condenado. Dessa vez, Locke estava comentando sobre uma cena de crime ativa.

Um corpo recente.

— Você tem razão — disse Dean, se colocando entre Lia e Locke. — Este programa não faz isso — repetiu ele para a agente, e, mesmo de costas, consegui visualizar a expressão em seus olhos: intensos, como se estivessem passando um recado.

— Não mais.

# Você

**É desleixo seu matar** tão perto assim de casa, deixando corpos espalhados pelos becos da cidade, como João e Maria deixando cair cada vez mais migalhas de pão à medida que entravam na floresta. Mas, desde que você bateu os olhos nela, tem sido mais difícil ainda afastar o desejo de matar, difícil se lembrar de por que você faz tanta questão de não brincar em seu próprio quintal.

Talvez tenha que ser assim. Talvez seja o destino.

Está na hora de terminar o que você começou.

Está na hora de chamar a atenção deles.

É hora de voltar para casa.

# Capítulo 15

**Era meio-dia de sábado** quando fui acordada por dois sons: cartas sendo embaralhadas e o ruído leve e agudo de metal raspando em metal. Abri os olhos e me virei de lado. Sloane estava sentada na cama de pernas cruzadas, uma caneca em uma das mãos e a outra distribuindo cartas: sete montinhos, cada um com uma quantidade diferente de cartas, todas viradas para baixo.

— O que você está fazendo? — perguntei.

Sloane olhou para as cartas por um momento, pegou uma e a moveu.

— Paciência — disse ela.

— Mas as cartas estão viradas pra baixo.

— Estão. — Sloane deu um gole em sua bebida.

— Como você consegue jogar Paciência com todas as cartas viradas pra baixo?

Ela deu de ombros.

— Como você consegue jogar com algumas viradas pra cima?

— Sloane é fera com as cartas. Briggs a descobriu em Las Vegas. — Lia colocou a cabeça para fora do armário. — É só ela passar os olhos pelo baralho uma vez que já consegue localizar as cartas, mesmo depois de embaralhadas.

Fiz uma nota mental de que Lia estava em nosso armário. *Metal raspando em metal*, pensei. *Cabides de metal deslizando numa vara de metal.*

— Ei — falei, prestando mais atenção na roupa que Lia estava usando. — Esse vestido é meu.

—Agora é meu. — Lia sorriu. — O FBI não te avisou que eu tenho mãos leves? Cleptomania, mentira patológica... no fim das contas, dá no mesmo.

Achei que Lia estivesse brincando, mas não tinha como ter certeza.

— Brincadeirinha — ela confirmou uns segundos depois.

— Sobre a cleptomania, não sobre eu não ter a menor intenção de devolver o vestido. Na real, *Sloane* que é a clepto da casa, mas essa cor fica melhor em mim do que em você.

Me virei para Sloane, que tinha aumentado um pouco o ritmo do jogo... ou muito.

— Sloane — chamei.

— Sim?

— Por que Lia está xeretando nosso armário?

Sloane ergueu o olhar, mas não interrompeu a partida.

— Entender a motivação das pessoas é mais com você do que comigo. Na verdade, eu acho esquisita a maioria das coisas que as pessoas fazem.

Reformulei a pergunta.

— Por que você *deixou* Lia xeretar nosso armário?

— Ah — disse Sloane quando a ficha caiu. — Ela me subornou.

— Te subornou? — perguntei, e só então percebi o que havia na caneca de Sloane.

— Você trouxe café pra ela?

Lia passou a mão no *meu* vestido.

— Culpada.

Sloane sob efeito de cafeína parecia um leiloeiro drogado. Os números disparavam de sua boca, uma estatística para cada ocasião. Por *oito horas* seguidas.

ACADEMIA DOS CASOS ARQUIVADOS 101

— Dezesseis por cento dos homens americanos têm olhos azuis — disse ela, animada. — Só que mais de quarenta por cento dos médicos da televisão têm olho azul.

Assistir televisão ao lado de uma estatística superestimulada já seria um desafio por si só, mas Sloane não foi a única que tinha me seguido até a sala de televisão depois do jantar.

— Ela diz *Eu te amo, Darren*, mas sua postura diz *Não acredito que os roteiristas estão fazendo isso com a minha personagem. Nunca que ela se envolveria com esse otário!* — Michael falou, jogando uma pipoca na boca.

— Você se incomoda? — perguntei, gesticulando em direção à tela.

Ele sorriu.

— De jeito nenhum.

Tentei parar de prestar atenção nos dois, mas o esforço foi inútil. Assim como eles, eu não conseguia me envolver naquele drama médico porque não parava de pensar que o conjunto de comportamento, personalidade e ambiente do otário do dr. Darren simplesmente *não* batia.

— A gente pode mudar pra um reality show — sugeriu Michael.

— Cerca de 1% da população é considerada psicopata — anunciou Sloane. — Estimativas recentes sugerem que mais de 14% dos participantes de reality shows são.

— Estimativas de quem? — perguntou Michael.

Sloane deu um sorriso largo, como se fosse o gato de Alice no País das Maravilhas.

— Minhas.

Michael colocou as mãos atrás da cabeça e se inclinou para trás.

— Esquece o estudo de assassinos. Vamos prender 14% de todos os participantes de reality show e encerrar logo os trabalhos.

Sloane se encolheu na cadeira e brincou com a ponta de seu rabo de cavalo.

— Ser psicopata não é crime — disse ela.

— Você está defendendo psicopatas? — perguntou Michael, arqueando uma sobrancelha em uma altura ridícula. — É por isso que a gente não te deixa tomar café.

— Olha só — disse Sloane na defensiva —, só estou dizendo que, estatisticamente, um psicopata tem mais chance de acabar virando um CEO do que um assassino em série.

— Então. — Lia era a única pessoa que eu conhecia que sabia como usar *então* para anunciar sua presença. Assim que percebeu que havia capturado nossa atenção, olhou para cada um de nós. — Judd acabou de sair, vai passar a noite fora com um amigo. A casa é toda nossa. — Ela uniu as mãos na frente do corpo. — Sala. Quinze minutos. Venham preparados.

— Preparados pra quê? — perguntei, mas, antes mesmo de concluir a pergunta, ela já tinha ido embora.

— Coisa boa não é — disse Michael, mas não parecia estar reclamando. Ele se levantou. — Vejo vocês em quinze minutos.

Enquanto eu o observava sair, não pude deixar de pensar que eu tinha passado a maior parte da vida como observadora, enquanto Lia era o tipo de pessoa que incentivava todo mundo a entrar no jogo.

— Algum palpite sobre no que estamos nos metendo? — perguntei a Sloane.

— Pelas minhas experiências anteriores — respondeu ela —, meu palpite seria *confusão*.

**ACADEMIA DOS CASOS ARQUIVADOS 103**

# Capítulo 16

**Michael e Dean já estavam na sala** quando Sloane e eu chegamos. Nos quatorze minutos anteriores, minha colega loira tinha se acalmado um pouco, como se estivesse ficando sem bateria. Ela foi até o sofá e se acomodou ao lado de Michael. Me sentei ao lado dela. Dean estava sentado na beira da lareira à nossa frente, o olhar fixo no chão, o cabelo caindo no rosto. *Sofás, cadeiras, almofadas, tapete*, pensei. *E ele prefere se sentar no mármore.* Me lembrei da primeira vez em que o vi, levantando peso e se forçando até chegar ao limite. A primeiríssima coisa em que pensei foi que ele estava punindo a si mesmo.

— Que bom que todos vieram. — Lia não só entrou na sala; ela fez uma entrada triunfal. Com todos os olhos fixos nela, Lia se sentou no chão, esticou as pernas, cruzou os tornozelos e espalhou o *meu* vestido ao redor do corpo. — Vamos fazer uma brincadeira para vocês se distraírem esta noite: Verdade ou Desafio. — Ela fez uma pausa, passando os olhos por cada um de nós. — Alguma objeção?

Dean abriu a boca.

— Não — Lia o cortou.

— Você perguntou se alguém tinha objeções — disse Dean.

Lia balançou a cabeça.

— Você não tem direito de discordar.

— Eu tenho? — perguntou Michael.

Lia pensou na pergunta.

— Você quer?

Michael olhou para mim e novamente para Lia.

— Não exatamente.

— Então, sim — respondeu Lia. — Você tem.

Ao meu lado, Sloane levantou a mão.

— Sim, Sloane? — disse Lia, simpática. Pelo visto, ela não estava preocupada que nossa garota dos números discordasse.

— Estou familiarizada com a ideia do jogo, mas tem uma coisa que eu não sei. — Os olhos de Sloane cintilaram. — Como se ganha?

Michael abriu um sorriso.

— Como não amar uma garota competitiva?

— Não dá para *ganhar* em Verdade ou Desafio — falei. Para ser sincera, eu desconfiava profundamente de que aquele fosse o tipo de jogo em que todo mundo perdia.

— Isso é uma objeção? — perguntou Lia.

Do outro lado da sala, Dean movia os lábios na minha direção, como se dissesse FALA QUE SIM, e entendi tão nitidamente quanto se ele tivesse contratado um avião para escrever aquelas palavras no céu. E se eu estivesse em uma sala com qualquer outro grupo de adolescentes do planeta, eu teria dito. Mas eu estava numa sala com Michael, cujo perfil ainda não havia conseguido fazer, e Dean, que outro dia mesmo tinha dito que Naturais não trabalhavam *mais* em casos em aberto. Eu tinha perguntas, e aquele seria o único jeito de conseguir fazê-las.

— Não — falei para Lia. — Não foi uma objeção. Vamos jogar.

Um sorriso foi lentamente surgindo no rosto de Lia. Dean bateu com a cabeça na lareira.

— Posso começar? — pediu Sloane.

— Claro — respondeu Lia, gentil. — Verdade ou desafio, Sloane?

Sloane olhou bem nos olhos dela.

— Não foi isso que eu quis dizer.

Lia deu de ombros.

— Verdade... ou... desafio?

— Verdade.

Em um jogo normal de Verdade ou Desafio, essa teria sido a opção mais segura, porque se a pergunta fosse constrangedora demais, sempre dava para mentir. Só que, com Lia na sala, isso era impossível.

— Você sabe quem é seu pai?

A pergunta de Lia me pegou completamente desprevenida. Eu tinha passado a maior parte da vida sem saber quem era o meu pai, mas não conseguia imaginar ser forçada a admitir isso na frente de um monte de gente. Lia meio que parecia gostar de Sloane, mas lógico que em Verdade ou Desafio esse tipo de cuidado não tinha a menor importância.

Sloane encarou Lia, sem se deixar abalar.

— Sim — disse ela. — Sei.

— Se deu mal — murmurou Michael. Lia olhou para ele de cara feia.

— Sua vez — ela disse para Sloane, e, pela expressão no rosto de Lia, achei que ela estava se preparando para uma vingança... mas Sloane se virou para mim.

— Cassie. Verdade ou desafio?

Eu tentei imaginar que tipo de desafio Sloane poderia inventar, mas não consegui pensar em nada.

— Estatisticamente, os desafios mais comuns envolvem comer coisas desagradáveis, passar trotes pelo telefone, beijar outro jogador, lamber algo anti-higiênico e nudez — disse Sloane, tentando ajudar.

— Verdade.

Sloane ficou alguns segundos em silêncio.

— Quantas pessoas você ama?

A pergunta parecia inofensiva até eu começar a pensar na resposta. Os olhos azuis de Sloane estavam fixos nos meus, e

tive a sensação de que ela não estava perguntando aquilo porque achava que ouvir minha resposta seria divertido. Ela estava perguntando isso porque precisava de dados para comparar com os dela.

— Quantas pessoas eu amo? — repeti. — Tipo... amar como? Eu nunca tinha me apaixonado, então se ela estivesse falando no sentido romântico, a resposta era fácil.

— Quantas pessoas você ama no total? — perguntou Sloane.

— Somando amor familiar, romântico e todas as outras variações.

Fiquei com vontade de só escolher um número aleatório. Cinco parecia bom. Ou dez. *Tanta gente que nem dá pra contar* parecia melhor ainda, mas Lia estava bem ali, imóvel, me observando.

Eu tinha amado a minha mãe. Isso era fácil. E também amava Nonna, meu pai e todo o resto. Não amava? Eram a minha família. Eles me amavam. Só porque eu não era de ficar demonstrando não significava que não os amava. Tinha feito tudo que estava ao meu alcance para deixá-los felizes. Tentei não magoá-los.

Mas eu os amava de verdade, do mesmo jeito que tinha amado a minha mãe? Era *possível* eu amar alguém daquele jeito de novo?

— Uma — respondi, quase sem conseguir pronunciar a palavra. Fiquei olhando para Lia, torcendo para ela me dizer que não era verdade, que perder a minha mãe não tinha destruído alguma coisa dentro de mim e que eu não estava destinada a passar o resto da vida me sentindo desconectada daquele tipo de amor que o resto da minha família sentia por mim.

Lia sustentou meu olhar por alguns segundos e deu de ombros.

— Sua vez, Cassie.

Tentei lembrar por que achei que participar desse jogo seria uma boa ideia.

— Michael — falei. — Verdade ou desafio?

Tinha tanta coisa que eu queria perguntar a ele: o que realmente achava do programa, como era seu pai fora a questão da

**ACADEMIA DOS CASOS ARQUIVADOS** 107

fraude fiscal, se a relação dele com Lia já havia ido além de ficarem trocando farpas... Mas não tive oportunidade de perguntar nada disso, porque Michael se inclinou para a frente no assento, os olhos faiscando.

— Desafio.

É lógico que ele não ia me deixar revirar o cérebro dele. Lógico que me faria inventar o primeiro desafio do jogo. Comecei a tentar pensar em alguma coisa que não parecesse boba, mas também não envolvesse beijos, nudez nem nada que pudesse dar a Michael uma desculpa para confusão.

— Manda ver, Colorado. — Michael estava se deliciando com aquilo. Eu tinha a sensação de que ele estava querendo que eu o desafiasse a fazer algo meio perigoso, algo que fizesse a adrenalina dele disparar.

Algo que Briggs seria contra.

— Eu te desafio a... — pronunciei as palavras lentamente, torcendo para de repente ter um estalo de como completar a frase — ... dançar balé.

Nem eu sabia direito como fui escolher aquilo.

— O *quê?* — disse Michael. Estava na cara que ele esperava algo mais empolgante ou, pelo menos, mais ousado.

— Balé — repeti. — Bem aqui. — Apontei para o meio do tapete. — Vai, dança.

Lia caiu na gargalhada. Até Dean precisou conter um sorriso.

— O balé é uma tradição de performance artística que data do começo da Renascença — disse Sloane, prestativa. — É particularmente popular na Rússia, França, Itália, Inglaterra e nos Estados Unidos.

Michael a interrompeu antes que ela começasse a narrar toda a história da arte.

— Deixa comigo — disse ele. E então, com a expressão séria, se levantou, foi até o meio da sala e fez uma pose.

Eu já tinha visto Michael ser suave. Já o tinha visto ser gentil. Senti quando ele tirou uma mecha de cabelo do meu rosto...

mas *aquilo*. Aquilo era outra história. Ele ficou na ponta dos pés, deu um giro, curvou as pernas e empinou a bunda. Mas a melhor parte foi a expressão nos olhos dele, aquele ar impassível e determinado.

Michael encerrou a performance com uma reverência.

— Muito bom — elogiei em meio a risadas histéricas. Ele se jogou no sofá e fuzilou Lia com os olhos.

— Verdade ou desafio.

Para surpresa de ninguém, Lia escolheu verdade. De todos nós, ela provavelmente era a única que poderia mentir e se safar. Michael abriu um sorriso tão divertido quanto o de Lia quando ela começou toda aquela história.

— Qual é seu nome verdadeiro?

Por alguns segundos, a expressão de Lia foi tomada por uma onda de vulnerabilidade e irritação.

— Seu nome não é Lia? — Sloane pareceu estranhamente magoada com a ideia de que Lia pudesse ter mentido sobre uma coisa tão simples e básica quanto o próprio nome.

— É — disse Lia para ela. — É, sim.

Michael ficou encarando Lia, sutilmente arqueando uma sobrancelha.

— Mas, no passado — disse Lia, parecendo menos ela mesma a cada palavra —, meu nome era Sadie.

A resposta de Lia me deixou cheia de dúvidas. Tentei imaginá-la sendo uma Sadie. Será que ela abandonou o nome antigo com a mesma facilidade com que trocava de roupa? Por que tinha mudado? Como é que Michael sabia disso?

— Verdade ou desafio... — Lia passou os olhos por todos nós, um por um, e senti algo sombrio lentamente se desdobrando dentro dela. Aquilo ali não ia acabar bem.

— Cassie.

Não parecia justo ser minha vez novamente, até porque Dean ainda nem tinha participado, mas fui com a cara e com a coragem.

**ACADEMIA DOS CASOS ARQUIVADOS** 109

— Desafio. — Não sei o que me deu para acabar escolhendo essa opção, além do fato de que o semblante de Lia me convenceu de que ela faria a pergunta de Sloane parecer tão pessoal quanto uma pergunta sobre o tempo.

Lia sorriu para mim e para Michael. *Ela ia se vingar.*

— Eu te desafio a... — disse ela, saboreando cada palavra — beijar Dean.

A reação de Dean foi como se tivesse levado um choque. Ele endireitou a postura.

— Lia — disse ele, ríspido. — Não.

— Ah, qual é, Dean — disse Lia, persuasiva. — É Verdade ou Desafio. Faz um esforcinho pela gente. — Então, sem nem esperar pela resposta, ela se virou para mim. — Beija ele, Cassie.

Eu não sabia o que era pior, a objeção de Dean ao fato de ter sido obrigado a me beijar ou de repente ter percebido que meu corpo *não foi* contra a ideia de beijá-lo. Me lembrei de nossas aulas com Locke, da sensação da mão dele na minha nuca...

Lia ficou me observando cheia de expectativa, mas enquanto eu atravessava a sala até Dean, foram os olhos de Michael que senti grudados em mim.

Eu não precisava fazer aquilo.

Eu podia me negar.

Dean ergueu os olhos na minha direção e, por uma fração de segundo, percebi em seu rosto algo além daquela neutralidade mortal. Seu olhar se suavizou. Os lábios se abriram, como se ele estivesse com algo a ser dito bem ali, na ponta da língua.

Me ajoelhei ao lado da lareira. Toquei em sua bochecha e levei os lábios aos dele. Foi um beijo amigável. Um jeitinho europeu de dizer oi. Nossas bocas só se tocaram por um segundo... mas mesmo assim senti uma onda elétrica no corpo inteiro, até a ponta dos meus dedos.

Me afastei, sem conseguir tirar os olhos dos lábios dele. Por alguns segundos só ficamos ali, um olhando para o outro: ele na lareira e eu ajoelhada no tapete.

— Sua vez, Cassie. — Lia parecia bem satisfeita.

Me obriguei a me levantar e fui até o sofá. Então me sentei, ainda sentindo os lábios de Dean nos meus.

— Verdade ou desafio, Dean?

Era justo: ele era a única pessoa ali que ainda não tinha ido parar na berlinda. Por um segundo, achei que ele fosse acabar se recusando e encerrando o jogo, mas Dean não recuou.

— Verdade.

Essa era a oportunidade que Michael não tinha me dado. Tinha tanta coisa que eu queria saber. Me concentrei nisso, em vez de no que tinha rolado entre a gente um momento antes.

— Dia desses, quando Locke falou que não podia levar Lia até a cena do crime, você disse que o programa não faz *mais* isso. — Fiz uma pausa. — O que você quis dizer?

Dean assentiu, como se fosse uma pergunta perfeitamente razoável de se fazer depois de beijar uma pessoa.

— Eu fui o primeiro — disse ele. —Antes de o programa existir, antes de começarem a usar o termo *Naturais*, éramos só Briggs e eu. Eu não morava com Judd. O FBI não sabia da minha existência. Briggs me trouxe algumas perguntas. E eu dei respostas.

— Perguntas sobre assassinos. — Eu não podia fazer uma pergunta atrás da outra, então falei como se estivesse afirmando. Dean assentiu. Lia se intrometeu, interrompendo a conversa.

— Ele tinha doze anos — disse ela, encurtando o assunto.

— Sua vez, Dean.

— Cassie — disse ele. Só isso, nada de "verdade ou desafio". Só meu nome.

Michael, que estava ao meu lado, contraiu a mandíbula. A vingança da Lia tinha acertado o alvo... e ido além.

— Verdade — falei, tentando não ficar pensando na reação de Michael e no que aquilo podia significar.

— Por que você veio pra cá? — perguntou Dean, olhando para Lia, para as próprias mãos, para qualquer coisa, menos para mim. — Por que entrou nesse programa?

**ACADEMIA DOS CASOS ARQUIVADOS** 111

Havia muitas respostas que tecnicamente poderiam ser verdade para aquela pergunta. Eu poderia ter dito que queria ajudar pessoas. Poderia ter dito que sempre soube que nunca conseguiria me encaixar no mundo normal. Mas não falei nada disso.

— A minha mãe foi assassinada. — Pigarreei, tentando falar como se aquelas palavras não significassem nada. — Cinco anos atrás. Pela mancha de sangue, acham que ela foi esfaqueada. Várias e várias vezes. A polícia nunca conseguiu encontrar o corpo, mas havia tanto sangue que não acreditam que ela tenha sobrevivido. Antes eu achava, sim, que talvez ela tivesse conseguido sobreviver. Não acho mais.

Dean não reagiu a essa confissão de forma visível, mas Lia ficou completamente imóvel, de um jeito que nem parecia natural, e Sloane desviou o olhar, de queixo caído. Michael já sabia da minha mãe, mas eu não tinha contado nada aos outros.

*Verdade ou desafio, Dean,* tive vontade de dizer, mas eu não podia ficar fazendo perguntas só para Dean. Nós já tínhamos deixado o jogo entre nós por tempo demais.

— Verdade ou desafio, Lia?

— Verdade — Lia respondeu, como se fosse um desafio.

Perguntei se ela era organizada ou desorganizada. Ela baixou o queixo, arqueou as sobrancelhas e me encarou.

— Fala sério — disse ela. — É isso que você quer perguntar?

— É isso que eu quero perguntar — confirmei.

— Eu sou uma bagunça — disse ela. — Em *todos* os sentidos da palavra. — Lia nem me deu tempo de refletir sobre o fato de que eu tinha acertado na mosca antes de chamar Michael para a próxima rodada. Eu estava esperando que ele fosse escolher consequência de novo, mas não foi bem assim.

— Verdade.

Lia passou suas mãos delicadas pelo vestido e o encarou com uma expressão inocente, os olhos arregalados. Então perguntou a Michael se ele ficou com ciúmes quando eu beijei Dean.

Michael nem piscou, mas fiquei com a impressão de que Dean fosse matar Lia.

— Eu não sinto ciúmes — disse Michael. — Eu me vingo.

Ninguém se surpreendeu quando ele escolheu Dean para a próxima rodada.

— Verdade ou desafio, Dean?

— Verdade. — Dean estreitou os olhos, e me lembrei de Lia dizendo que, se Dean tivesse o temperamento forte, Michael já estaria morto. Com o estômago embrulhado e a garganta seca, fiquei esperando Michael fazer alguma pergunta horrível para Dean.

Mas ele não fez.

— Você já assistiu a *Semente maldita?* — perguntou, educado. — O filme.

Um músculo na mandíbula de Dean tremeu.

— Não.

Michael sorriu.

— Eu assisti.

Dean se levantou.

— Já deu pra mim.

— Dean… — Lia começou num tom que soava como algo entre obstinado e puxa-saco, mas ele a encarou de um jeito que a fez ficar em silêncio. Dois segundos depois, já estava saindo da sala. E, segundos após, ouvi a porta da frente ser aberta e depois batida.

Dean tinha ido embora… e não era preciso ser capaz de interpretar emoções para conseguir ver aquele gostinho de satisfação no rosto de Michael.

# Você

**Durante todas as horas** de todos os dias você pensa na Garota. Mas não é hora do gran finale. Ainda não. *Você encontra outro brinquedinho em uma lojinha em Dupont Circle. Já faz um tempo que você está de olho nela, mas resistiu ao desejo de acrescentá-la à sua coleção — ela estava perto demais de casa, em uma região muito movimentada.*

*Mas, agora, o que você precisa é da tal Madame Selene. Corpos são só corpos, mas alguém que lê mãos... existe uma certa poesia nisso. Uma mensagem que você quer, precisa, tem que mandar. O mais simples seria matá-la no estúdio, enfiar uma faca em cada palma e deixar seu corpo exposto lá mesmo, mas esta semana você trabalhou demais.*

*Merece uma recompensa.*

*Pegá-la é fácil. Você é um fantasma. Um estranho oferecendo uma bala. Um ouvido amigo. Quando Madame Selene acordar em um armazém, não vai acreditar que foi você quem a jogou lá.*

*Não no começo.*

*Mas ela vai acabar vendo.*

*Você sorri, pensando em como tudo isso é inevitável. Toca na ponta do cabelo castanho dela e pega a caixa de tinta ruiva número 12. Começa a cantarolar baixinho uma cantiga infantil que te leva de volta ao começo, de volta à primeira.*

*A quiromante abre os olhos. Está com as mãos amarradas. Ela te vê. Depois vê a tinta de cabelo, a faca na sua mão esquerda, e então percebe...*

*Você é o monstro.*
*E, desta vez, você merece fazer as coisas devagar.*

# Capítulo 17

**Quando a agente Locke apareceu** na segunda-feira pela manhã, estava com olheiras. Só tarde demais me lembrei de que, enquanto jogávamos Verdade ou Desafio, ela e Briggs estavam trabalhando em um caso. Um caso real, com consequências reais. *Um assassino de verdade.*

Locke ficou um bom tempo em silêncio.

— Briggs e eu demos com os burros n'água neste fim de semana — disse ela, finalmente. — Já temos três corpos e o assassino não para de fazer novas vítimas. — Ela passou a mão pelo cabelo despenteado. — Isso não é problema de vocês. É meu, mas esse caso me fez lembrar que o UNSUB é só metade da história. Dean, o que você pode explicar a Cassie sobre vitimologia?

Dean a encarou com uma expressão tão intensa que foi como se tivesse fuzilado a bancada. Eu não o via desde o jogo de Verdade ou Desafio, mas parecia que nada tinha mudado entre a gente, como se nem tivéssemos nos beijado.

— A maioria dos assassinos tem um tipo — disse ele. — Às vezes é um tipo físico. Pra outros pode ser mais uma questão de conveniência: talvez seu foco seja pessoas que saem para caminhar na floresta, porque leva alguns dias para alguém relatar o desaparecimento delas, ou estudantes, porque é fácil descobrir os horários de aulas deles.

A agente Locke assentiu.

— Ocasionalmente as vítimas podem servir como substitutas na vida do UNSUB. Alguns assassinos acabam matando várias e várias vezes a primeira namorada ou a esposa ou a mãe.

— Outra coisa que a vitimologia nos explica — continuou Dean, desviando o olhar para a agente Locke — é como a vítima pode ter reagido no momento em que foi sequestrada ou atacada. Se você for um assassino... — Ele fez uma pausa para procurar as palavras certas. — Existe uma dinâmica de dar e receber entre você e as pessoas que mata. Você as escolhe. Você as encurrala. Talvez elas lutem. Ou talvez fujam. Algumas tentam argumentar com você, outras dizem coisas que te tiram do sério. De um jeito ou de outro, você reage.

— Nós não temos o luxo de saber todos os detalhes sobre a personalidade do UNSUB — disse a agente Locke —, mas a personalidade e o comportamento da vítima explicam metade da cena do crime.

Assim que ouvi a expressão *cena do crime*, me lembrei de quando abri a porta do camarim da minha mãe. Eu sempre achei que sabia muito pouco sobre o que tinha acontecido naquele dia. Quando voltei ao camarim, o assassino já tinha ido embora. Minha mãe tinha ido embora. Havia tanto sangue...

*Vitimologia*, lembrei a mim mesma. Eu conhecia a minha mãe. Ela teria lutado; teria arranhado o agressor, quebrado abajures em sua cabeça, tentado pegar a faca. Só duas coisas poderiam tê-la impedido: morrer ou saber que eu poderia voltar a qualquer momento.

*E se ela tiver ido com ele?* A polícia supôs que ela estivesse morta ou pelo menos inconsciente quando o UNSUB a levou embora do camarim. Mas minha mãe não era uma mulher pequena, e o camarim ficava no segundo andar do teatro. Em circunstâncias normais, minha mãe não teria simplesmente deixado um assassino carregá-la porta afora... mas, por outro lado, talvez ela fizesse qualquer coisa para mantê-lo longe de mim.

ACADEMIA DOS CASOS ARQUIVADOS · 117

— Cassie? — chamou a agente Locke, me trazendo de volta para o presente.

— Certo — falei.

Ela estreitou os olhos.

— Certo o quê?

— Desculpa — falei para Locke. — Você pode repetir o que disse?

Ela ficou me olhando por um tempo, me analisando, e repetiu.

— Eu falei que andar por uma cena de crime com a perspectiva de uma vítima pode revelar muito sobre o assassino. Digamos que você entre na casa de uma vítima e descubra que ela é obcecada por escrever listas de coisas a fazer, organiza as roupas por cores e tem um peixe. Essa mulher é a terceira vítima, mas é só a primeira de três que não tem lesões causadas por ter se defendido. O assassino normalmente mantém as vítimas vivas por dias, mas aquela mulher foi morta por um golpe forte na cabeça no mesmo dia em que foi sequestrada. E, quando foi encontrada, sua blusa estava abotoada de um jeito torto.

Me coloquei no lugar do assassino e consegui imaginá-lo pegando mulheres. Fazendo joguinhos com elas. Então por que ele deixaria que com aquela fosse tão fácil? Por que acabar com a brincadeira tão rápido se ela nem chegou a dar sinais de que iria reagir?

*Exatamente porque ela não deu sinais de reação.*

Mudei de perspectiva, dessa vez me colocando no lugar da vítima. *Sou um tipo A extremo, organizada e disciplinada. Quero um bicho de estimação, mas prefiro não ter nada que possa bagunçar minha vida, então acabo escolhendo um peixe. Talvez eu tenha lido sobre os assassinatos anteriores no jornal. Talvez saiba como as coisas terminam para as mulheres que reagem.*

*Então talvez eu não reaja. Não fisicamente.*

As coisas que Locke me contou sobre a vítima me faziam pensar que era uma mulher que gostava de estar no controle.

Ela pode ter tentado argumentar com o assassino. Pode ter resistido às tentativas dele de controlá-la. Talvez até tenha tentado manipulá-lo. E se conseguisse, mesmo que por um instante...

— O UNSUB matou as outras por diversão — falei —, mas essa mulher ele matou num ataque de fúria.

A interação entre eles também deveria ser um joguinho de controle para o assassino... mas ela era tão fanática por controle que deve ter estragado a dinâmica da coisa.

— E? — incentivou a agente Locke.

Não consegui pensar em mais nada.

— Ele abotoou a blusa dela — disse Dean. — Se ela mesma tivesse abotoado, não teria ficado torta.

Essa observação deixou minha mente a mil por hora. Se ele a tinha matado em um ataque de fúria, por que a vestiria depois? Eu conseguiria entender se ele a tivesse *despido*: uma última humilhação, uma última demonstração de controle.

*Você a conhece*, pensei.

— As duas primeiras vítimas do UNSUB foram escolhidas aleatoriamente — a agente Locke explicou e me encarou. Por um segundo, pareceu que ela estava lendo meus pensamentos.

— Supomos que a terceira vítima também... mas nos enganamos. — Locke endireitou a postura e continuou: — É por isso que você precisa dos dois lados da moeda. Pesos e contrapesos, vítimas e UNSUBs; porque você sempre vai estar enganada sobre algum detalhe. Sempre vai deixar alguma coisa passar. E se existir uma conexão pessoal? E se o UNSUB for mais velho do que você pensava? E se *ele* na verdade for *ela*? E se forem dois UNSUBs trabalhando juntos? E se o assassino for só um garoto?

Percebi na mesma hora que não estávamos falando mais sobre a mulher tipo A e o homem que a tinha matado. Estávamos falando sobre as dúvidas que incomodavam Locke *naquele momento*, as suposições que ela tinha feito sobre o caso em andamento. Estávamos falando sobre um UNSUB que Locke e Briggs não tinham conseguido pegar.

— Noventa por cento de todos os assassinos em série são homens — disse Sloane, anunciando sua presença e se aproximando de nós. — Setenta e seis por cento são americanos, com uma considerável porcentagem de assassinos em série concentrada na Califórnia, no Texas, em Nova York e no Illinois. A grande maioria é caucasiana, e mais de 89% das vítimas de crimes em série também é caucasiana.

Não pude deixar de notar que ela falava bem mais lentamente quando não estava sob efeito de cafeína.

Logo atrás de Sloane vinha Briggs.

— Lacey. — Ele atraiu a atenção da agente Locke. — Acabei de receber uma ligação de Starmans. Encontramos o corpo número quatro.

Pensar não apenas nas palavras que ele disse, mas também no que significavam, me fez sentir que eu estava me intrometendo, mas não deu para evitar. Outro corpo. Outra pessoa morta.

Locke contraiu a mandíbula.

— Mesmo perfil? — perguntou a Briggs.

Briggs assentiu num movimento brusco e acelerado.

— Uma quiromante em Dupont Circle. E a busca na base de dados nacional que pedimos voltou com mais de uma correspondência ao MO do nosso assassino.

*Qual MO?* Eu não conseguia tirar essa pergunta da cabeça, assim como não conseguia parar de pensar em quem seria essa nova vítima, se ela tinha família, em quem tinha contado a eles que ela estava morta.

— Ruim assim? — perguntou Locke, lendo os sinais no rosto de Briggs. Desejei que Michael estivesse ali para me ajudar a fazer o mesmo. Aquele caso não era da minha conta… mas mesmo assim eu queria saber.

— É melhor a gente conversar em outro lugar — disse Briggs.

Em outro lugar. Algum lugar onde Sloane, Dean e eu não estivéssemos.

— Você não teve problema nenhum quando foi atrás de Dean pedindo ajuda quando ele tinha *doze anos* — falei, sem conseguir segurar a língua dentro da boca. — Por que parar agora?

Briggs desviou o olhar para Dean, que o encarou sem piscar. Estava na cara que aquela não era uma informação que ele podia ter compartilhado com a gente... mas também estava na cara que Dean não seria o primeiro a afastar o olhar.

— Os canteiros de flores estão cheios de ervas daninhas. — Judd acabou com a tensão ao entrar, se colocando entre Briggs e Dean. — Se vocês tiverem terminado com a garotada, posso botá-los pra trabalhar. Acho que pode ser bom pra eles botarem as mãos na terra, pegar um pouco de sol.

Judd falou olhando para o agente Briggs, mas foi Locke quem respondeu.

— Tá tudo bem, Judd. — Ela olhou primeiro para Dean e depois para mim. — Eles podem ficar. Briggs, você estava dizendo que a base de dados deu mais de um caso com o mesmo MO?

Por um momento tive a impressão de que Briggs discutiria com Locke sobre nos deixar ficar, mas ela continuou onde estava, teimosamente esperando uma resposta.

Briggs cedeu primeiro.

— Nossa busca na base de dados resultou em três casos consistentes com o MO do nosso assassino nos últimos nove meses — disse ele, enunciando com pressa cada palavra. — New Orleans, Los Angeles e American Falls.

— Illinois? — perguntou Locke.

Briggs balançou a cabeça.

— Idaho.

Refleti sobre essa informação. Se os casos sobre os quais Briggs estava falando tinham alguma conexão, nós estávamos lidando com um assassino que havia atravessado fronteiras estaduais e passara a maior parte do ano matando.

— Minha mala de mão está no carro — disse Locke, e de repente me lembrei de que *nós* não estávamos lidando com nada. Locke não tinha deixado Briggs tirar nós três do local, mas, no fim das contas, aquilo não era um treino e o caso não era *meu*, nem mesmo *nosso*.

Era *deles*.

— A gente sai às 16h. — Briggs ajeitou a gravata. — Deixei trabalho pra Lia, Michael e Sloane. Locke, você tem alguma coisa pra Cassie e Dean... além de tirar as ervas daninhas dos canteiros de flores? — acrescentou ele, dando uma olhada rápida para Judd.

— Não vou deixar nenhum caso arquivado para eles. — Locke se virou para mim quase como se estivesse pedindo desculpas. — Você tem um talento impressionante, Cass, mas passou tempo demais no mundo real e não tanto no nosso. Ainda.

— Cassie é capaz de lidar com qualquer coisa que você pedir a ela.

Olhei para Dean, em choque. Era a última pessoa que eu esperava argumentar a meu favor.

— Agradeço pelo aval impressionante, Dean — respondeu Locke —, mas eu não vou apressar essa situação. Não com ela. — Ela fez uma pausa. — Biblioteca — disse para mim. — Terceira prateleira a partir da esquerda. Tem uma série de fichários azuis... são entrevistas feitas na prisão. Dá uma olhada neles e, assim que eu voltar, falamos sobre começar com os casos arquivados.

— Não acho uma boa ideia. — A voz de Dean soou curiosamente seca. Locke deu de ombros.

— Foi você quem disse que ela estava pronta.

# Capítulo 18

**Na madrugada daquele dia,** quando fui para a piscina nadar, não foi Dean quem se juntou a mim.

— Achava que você fosse do tipo que usa maiô, algo mais prático — disse Michael quando subi para respirar depois de algumas voltas. Ele colocou as pernas na água. — Mais esportivo.

Eu estava usando uma peça que era o meio-termo entre algo esportivo e um biquíni de fato.

— Devo me sentir ofendida? — perguntei, nadando até o lado oposto da piscina e subindo na borda.

— Não — respondeu Michael. — Mas você está.

Lógico que ele estava certo. Sob aquela luz fraca do luar, eu me perguntava como ele conseguia não apenas ver meu rosto, mas ainda interpretar uma emoção que eu tentava esconder.

— Você gosta daqui. — Michael entrou na piscina e só então me dei conta de que ele estava sem camisa. — Gosta da agente Locke. Gosta de todas as aulinhas dela. E gosta mais ainda da ideia de poder ajudar em casos reais.

Fiquei em silêncio. Estava na cara que Michael era capaz de ter essa conversa sozinho.

— Ué? Não vai nem tentar fazer meu perfil? — Michael jogou água nos meus joelhos. — Cadê aquela garota da lanchonete? — perguntou ele. — Olho por olho, dente por dente.

**ACADEMIA DOS CASOS ARQUIVADOS** 123

— Você não quer que eu faça seu perfil — falei. — Não quer que as pessoas te conheçam. — Fiz uma pausa. — Não quer que *eu* te conheça.

Ele ficou em silêncio por um, dois, três segundos... até dizer:

— Verdade.

— É — falei, irônica. — Eu falo a verdade.

— Não — respondeu Michael. — *Verdade*. Não era o que você queria que eu dissesse ontem à noite, em vez de *desafio*?

— Não sei — rebati, sorrindo. — Eu não trocaria a lembrança da sua dancinha de bailarino por nada no mundo.

Michael deu impulso na borda e começou a nadar.

— Também mando muito bem em nado sincronizado. — Dei uma risada, e ele veio se aproximando até a borda onde eu estava. — Estou falando sério, Cassie. Verdade. — Ele parou a menos de um metro de distância. — Pode perguntar. Eu respondo. Qualquer coisa.

Fiquei esperando a pegadinha, mas não era nada disso.

— Tudo bem — falei, pensando com cuidado nas minhas perguntas. — Por que você não quer que as pessoas façam o seu perfil? O que você tem tanto medo de as pessoas descobrirem?

— Uma vez eu me meti numa briga — disse Michael, parecendo estranhamente à vontade. — Foi logo antes de vir pra cá. Mandei o cara pro hospital. Fiquei batendo nele sem parar, não parei nem quando ele já estava no chão. Não perco a cabeça com frequência, mas, quando acontece, a parada é séria. Puxei meu velho nisso. Os Townsend não fazem nada pela metade. — Michael fez uma pausa. Ele tinha respondido à minha segunda pergunta, mas não à primeira. — Talvez eu não queira ser perfilado porque *eu* não quero saber o que você acabaria vendo. Em qual caixinha eu caberia. Quem eu sou de verdade.

— Não tem nada de errado com você — falei.

Ele abriu um sorriso tranquilo.

— Isso é discutível.

Eu planejava perguntar sobre seu pai, mas depois disso não consegui reunir coragem suficiente para perguntar se o velho dele tinha *perdido a cabeça* com ele alguma vez.

— Sua família é rica?

— Podre de rica — respondeu Michael. — Meu passado é uma longa sequência de internatos, excessos e os melhores preenchedores de lacunas que o dinheiro pode comprar.

— Sua família sabe que você está aqui?

Michael deu impulso na borda e voltou a nadar. Eu não conseguia enxergar a expressão em seu rosto, mas não precisava ver para entender que aquele sorrisinho dele, sua marca registrada, escondia mais do que um indício sutil de desprezo por si mesmo.

— Seria melhor perguntar se eles se importam.

Três perguntas. Três respostas honestas. Não era porque ele tinha oferecido mostrar as cicatrizes que eu precisava chegar rasgando cada uma.

— E você e Lia? — perguntei, mudando de assunto.

— Sim — respondeu Michael, me pegando desprevenida, porque nem cheguei a considerar essa como uma pergunta de sim ou não. — De vez em quando. Nunca durou muito e nunca foi bom... pra nenhum dos dois.

Se eu não queria saber a resposta, não devia ter perguntado. Me levantei e me joguei com tudo na piscina, espirrando um pequeno tsunami em Michael. Foi só eu emergir que ele jogou água no meu rosto.

— É lógico que você sabe — disse ele num tom de voz sério — que isso significa guerra.

Num segundo, cerca de um metro nos separava; no seguinte, estávamos nos engalfinhando, um tentando afogar e molhar o outro, nenhum dos dois realmente a par do quanto nossos corpos estavam próximos.

Acabei engolindo água. Cuspi. Michael me empurrou para baixo, e quando subi ofegante... vi Dean parado no pátio. Perfeita e horrivelmente imóvel.

ACADEMIA DOS CASOS ARQUIVADOS 125

Michael me afundou de novo e só então percebeu que eu tinha parado de lutar. Ele se virou e reparou em Dean.

— Algum problema, Redding? — perguntou Michael.

— Não — respondeu Dean. — Problema nenhum.

Encarei Michael com um olhar afiado, confiando que ele conseguiria me interpretar o bastante para agir corretamente, mesmo no escuro.

Ele captou a mensagem.

— Quer entrar? — perguntou a Dean, excessivamente educado.

— Não — respondeu Dean, tão educado quanto. — Obrigado. — Ele fez uma pausa, o silêncio se intensificando ao nosso redor. — Tenham uma boa-noite.

Quando Dean desapareceu dentro de casa, não consegui deixar de sentir que havia tirado alguma coisa dele: o lugar aonde ele ia para pensar, o momento que compartilhamos na noite em que ele me mostrou as luzes que brilhavam no escuro.

— Verdade ou desafio? — A voz de Michael interrompeu meu raciocínio.

— O quê?

— Sua vez — disse Michael. — Verdade ou desafio?

— Verdade.

Michael esticou a mão para tirar o cabelo molhado do meu rosto.

— Se Lia tivesse te desafiado a me beijar, você teria beijado?

— Lia não teria mandado eu te beijar.

— E se ela tivesse mandado?

Senti um calor nas bochechas.

— Era só um jogo, Michael.

Michael se inclinou para a frente e roçou os lábios nos meus. Depois recuou e prestou bastante atenção no meu rosto. E, seja lá o que tenha visto, ele gostou.

— Obrigado — disse ele. — Era tudo que eu precisava saber.

Não consegui dormir muito naquela noite. Só ficava pensando em Michael e Dean, nas farpas sutis que eles haviam trocado, na sensação dos lábios de cada um. De manhã, quando o sol nasceu, eu estava com vontade de matar alguém. De preferência Michael... mas Lia vinha logo atrás.

— Acabou o sorvete — falei em tom assassino.

— Verdade — respondeu Lia. Ela tinha trocado o pijama de seda por um samba-canção e uma camiseta velha, e seu rosto não expressava o menor sinal de remorso.

— A culpa é sua.

— Também é verdade. — Lia prestou bem atenção no meu rosto. — E, a menos que eu esteja enganada, você não está me culpando só pelo sorvete. O que me deixa absurdamente curiosa, Cassie. Quer me contar?

Era impossível guardar segredo naquela casa, que dirá dois. Primeiro Dean, depois Michael. Eu não tinha escolhido aquilo. Se Lia não tivesse me desafiado a beijar Dean, Michael nunca me beijaria na piscina, e eu não estaria nessa confusão — sem saber o que eu sentia, o que eles sentiam, o que devia fazer.

— Não — falei em voz alta. Eu estava ali por um único motivo. — Deixa o café da manhã pra lá — completei, batendo a porta do congelador. — Tenho mais o que fazer.

Me virei para sair, mas não antes de ver Lia enrolando seu rabo de cavalo brilhante no dedo indicador, os olhos escuros me observando com atenção demais para eu conseguir ficar tranquila.

# Capítulo 19

**Fui à biblioteca afogar as mágoas** em entrevistas de assassinos em série. Estantes cobriam as paredes, erguendo-se do teto ao chão e explodindo de títulos cuidadosamente organizados: livros didáticos, memórias, biografias, artigos acadêmicos e a variedade mais esquisita de ficção que eu já tinha visto: mistérios antigos, daqueles que se compram em sebos, romances, quadrinhos, Dickens, Tolkien e Poe. A terceira prateleira a partir da esquerda estava cheia de fichários azuis. Peguei o primeiro e o abri.

FRIEDMAN, THOMAS

22-28 DE OUTUBRO, 1993

PRISÃO ESTADUAL DA FLÓRIDA, STARKE, FL

Thomas Friedman. Um nome tão comum. Com cuidado, dei uma olhada na transcrição: uma peça básica com elenco limitado, sem enredo e sem solução. O agente especial supervisor Cormack Kent era o entrevistador. O homem perguntou a Friedman sobre a infância dele, os pais, as fantasias, as nove mulheres que ele havia estrangulado com uma meia-calça brilhante. Ler as palavras de Friedman, aquela tinta preta impressa na página, já seria ruim por si só, mas a pior parte foi que, algumas páginas depois, eu conseguia *ouvir* como ele falaria sobre

as mulheres que matou: com empolgação, nostalgia, saudade...
mas nenhum remorso.

— É melhor se sentar.

Eu estava esperando mesmo que alguém se juntasse a mim
na biblioteca. Só não esperava que fosse Lia.

— Dean não vem — disse ela. — Ele leu essas entrevistas
muito tempo atrás.

— Você já leu? — perguntei.

— Algumas — respondeu Lia. — Mais *ouvi* do que li. Briggs
me dá o áudio. Eu brinco de "cadê a mentira". É bem divertido.
De repente percebi que a maioria das pessoas da minha
idade, a maioria das pessoas de *qualquer* idade, não aguentaria
ler aquelas entrevistas. Não teriam interesse e com certeza não
se deixariam levar tanto quanto eu *já tinha* me deixado levar. A
entrevista de Friedman era horrível e assustadora, mas eu não
conseguia desligar a parte do meu cérebro que queria *entender*.

— O que rola entre você e Dean? — perguntei a Lia, me
forçando a pensar em qualquer outra coisa além do fato de
que parte de mim *queria* continuar lendo. Michael podia até ter
me contado que ele e Lia já tinham ficado antes, mais de uma
vez, mas era Dean quem conseguia deixá-la abalada só em dizer
seu nome.

— Sou apaixonada por ele desde os doze anos.

Lia deu de ombros, como se não tivesse acabado de abrir a
alma para mim. Só aí eu percebi que ela *não tinha*.

— Ai, meu Deus — disse ela, perdendo o fôlego de tanto
rir. — Você tinha que ver a sua cara. Sério, Cassie, não sou fã
de incesto, e Dean é o mais próximo de um irmão que eu tenho.
Se eu tentasse dar um beijo nele, era capaz até de ele vomitar
em cima de mim.

Isso foi reconfortante. Mas o fato de ser reconfortante me
fez voltar à neura daquela manhã: por que eu deveria *me importar* se rola alguma coisa entre Lia e Dean quando o próprio
Michael me beijou por vontade própria?

— Olha, é uma gracinha ver você angustiada — disse Lia —, mas escuta um conselho de amiga: não tem uma pessoa nesta casa que não seja totalmente ferrada até o último fiapinho de cabelo. Inclusive você. Inclusive Dean. Inclusive Michael.

Parecia mais um insulto do que um conselho.

— Dean ia querer que eu te dissesse pra ficar longe dele — disse Lia.

— E Michael? — perguntei.

Ela deu de ombros.

— *Eu* quero te dizer pra ficar longe de Michael. — Ela fez uma pausa. — Não vou dizer, mas quero.

Esperei para ver se Lia já tinha terminado. Ela não disse mais nada.

— Pra um conselho, esse foi bem ruim.

Lia se inclinou, fazendo uma reverência elaborada.

— Eu me esforço. — Ela desviou o olhar para o fichário na minha mão. — Me faz um favor?

— Que tipo de favor?

Lia indicou o fichário.

— Se você vai ler esses negócios — disse ela —, não comenta sobre isso com Dean.

Nos quatro dias seguintes, Locke e Briggs ficaram trabalhando no caso deles, e, além de evitar Michael e Dean e tirar as ervas daninhas dos canteiros de flores para Judd, não havia nada que eu pudesse fazer além de ler. Ler. E ler. Depois de mil páginas de entrevista, não aguentava mais ficar enfiada na biblioteca, e decidi fazer um passeio pelos arredores. Caminhei pela cidade e acabei sentada em frente ao rio Potomac, admirando a vista e me divertindo com a entrevista 27 do fichário doze. Os anos 1990 tinham cedido espaço para o século XXI, e o agente Kent tinha sido substituído por uma série de outros agentes, entre eles o agente Biggs.

— Curtindo uma leitura leve?

Ergui o rosto e vi um homem que devia ter mais ou menos a idade do meu pai. Estava com a barba por fazer e sorria de um jeito simpático.

Mexi o braço para cobrir o texto caso ele decidisse dar uma olhada.

— É, mais ou menos.

— Você parecia bem concentrada.

*Então por que você me interrompeu?*, fiquei com vontade de perguntar. Ou ele tinha vindo especificamente atrás de mim ou era o tipo de pessoa que não via nenhuma contradição em interromper a leitura de alguém para dizer que a pessoa parecia concentrada no texto.

— Você mora na casa do Judd, né? — disse ele. — Somos velhos amigos.

Relaxei um pouco, mas continuava sem a menor intenção de ser sugada para uma conversa sobre o que eu estava lendo... nem qualquer outro tipo de conversa.

— Prazer te conhecer — falei com minha melhor voz de garçonete, na esperança de ele sentir a falsidade escondida sob a alegria e me deixar em paz.

— Está aproveitando o clima? — perguntou o homem.

— É, mais ou menos.

— Eu não posso te levar a lugar nenhum. — Michael apareceu do meu outro lado e se sentou no chão. — Ela é tão sociável que chega a ser um perigo — disse ele para o homem parado ao nosso lado. — Vive conversando com estranhos. Sinceramente, acho ela muito tagarela. É constrangedor.

Toquei no ombro de Michael e dei um empurrãozinho, mas não consegui deixar de sentir uma pontada de gratidão por não precisar mais passar pelo sufoco que era ficar jogando conversa fora, aquela coisa típica de cidade pequena.

— Bom — disse o homem —, não tive intenção de interromper. Só queria dar um oi.

Michael assentiu, seco.

— Como vai?

Esperei até o homem estar longe para me virar para ele.

— "Como vai"? — repeti, incrédula.

Michael deu de ombros.

— Às vezes — disse ele —, quando estou num apuro social, gosto de me perguntar: OQJAF? — Arqueei uma sobrancelha e ele explicou: — O Que Jane Austen Faria?

Se Michael lia Jane Austen, eu era herdeira do trono britânico.

— O que é que você está fazendo aqui? — perguntei.

— Te salvando — ele respondeu, despreocupado. — E o que você está fazendo aqui?

Indiquei o fichário.

— Lendo.

— E me evitando?

Me virei, torcendo para que a luz do sol atrapalhasse a visão que ele tinha do meu rosto.

— Não estou evitando ninguém. Só queria ficar sozinha.

Michael levou a mão ao rosto, se protegendo do sol.

— Você queria ficar sozinha — repetiu ele. — Pra ler.

— É por isso que eu estou aqui — falei, na defensiva. — É por isso que estamos aqui. Pra aprender.

*Não pra ficar obcecada com o fato de que beijei mais garotos na semana passada do que na minha vida inteira*, acrescentei em silêncio. Para minha surpresa, Michael não comentou sobre as emoções que eu devia estar deixando transparecer; só se reclinou ao meu lado e pegou seu próprio material de leitura.

— Jane Austen — falei, sem conseguir acreditar.

Michael indicou meu fichário.

— Pode continuar.

Ficamos os dois ali, lendo silenciosamente, por cerca de quinze ou vinte minutos. Terminei a entrevista 27 e comecei a 28.

REDDING, DANIEL
15-18 DE JANEIRO, 2007
PENITENCIÁRIA ESTADUAL DA VIRGINIA, RICHMOND, VA

Quase deixei passar, *teria* deixado passar se o nome não estivesse escrito várias vezes, deixando registrada cada palavra daquele assassino em série. *Redding. Redding. Redding.* O entrevistador era o agente Briggs. O nome do elemento era Redding, e ele tinha sido encarcerado na Virginia. Parei de respirar. De repente minha boca ficou seca. Comecei a virar as páginas cada vez mais rápido, lendo na velocidade da luz, até que Daniel Redding fez uma pergunta a Briggs sobre seu filho. Dean.

# Capítulo 20

**O pai do Dean era um assassino em série.** Enquanto eu viajava pelo país com minha mãe, Dean estava vivendo a vinte metros da cabana onde seu pai torturou e matou pelo menos doze mulheres.

E Dean nunca me disse nada: nem enquanto destrinchávamos os enigmas de Locke e contávamos nossas ideias um ao outro; nem quando ele me viu nadar na piscina pela primeira vez; nem depois que nos beijamos. Ele me disse que passar um tempo dentro da mente de assassinos acabaria me destruindo, mas não contou um "a" sobre seu próprio passado.

De uma hora para a outra, todas as peças se encaixaram. O tom de voz de Lia quando ela disse que as fotos na escada estavam lá por causa de *Dean*. O fato de que o agente Briggs foi procurar ajuda sobre um caso com Dean quando ele tinha *doze* anos. Michael ter apresentado Dean dizendo que ele sabia mais sobre como assassinos pensavam do que qualquer um. Lia me pedindo o favor de não comentar sobre as entrevistas com ele. *Semente maldita.*

Me levantei e enfiei o fichário na bolsa. Michael chamou meu nome, mas o ignorei. Estava na metade do caminho de casa quando percebi que estava correndo.

O que eu estava fazendo?

Eu não tinha resposta para essa pergunta. Mas também não tinha como dar meia-volta. Segui em frente até chegar em casa.

Subi a escada para ir até meu quarto, mas Dean estava me esperando lá no topo, como se soubesse que aquele seria o dia.

— Andou lendo as entrevistas — disse ele.

— Sim — falei baixinho. — Andei.

— Começou com Friedman? — perguntou Dean.

Fiz que sim, esperando ele colocar em palavras aquela terrível coisa não dita que pairava no ar entre nós.

— O cara da meia-calça, né? Chegou na parte em que ele fala sobre ficar olhando a irmã mais velha se vestir? E a parte com o cachorro do vizinho?

Eu nunca tinha ouvido Dean falar daquele jeito, tão cruel e arrogante.

— Não quero falar sobre Friedman — falei.

— Beleza — respondeu Dean. — Você quer falar sobre o meu pai. Leu toda a entrevista? No terceiro dia, Briggs o subornou pra ele falar sobre a infância dele. Sabe com que ele o subornou? Fotos minhas. E aí, como isso não deu certo, fotos *delas*. Das mulheres que ele matou.

— Dean...

— Que foi? Não era o que você queria? Falar sobre isso?

— Não — falei. — Eu quero falar sobre *você*.

— Eu? — Dean não pareceria mais incrédulo nem se tentasse. — O que está faltando dizer?

O que *estava faltando* dizer?

— Eu não ligo. — Ainda estava ofegante por conta da corrida. Falando tudo errado. — Seu pai... não muda quem você é.

— O *que* eu sou — corrigiu ele. — E muda, sim. Por que você não pergunta a Sloane o que as estatísticas dizem sobre psicopatia e hereditariedade? E por que não pergunta a ela o que falam por aí sobre crescer em um ambiente onde essa é a única coisa que você conhece?

— Não ligo pra estatística — falei. — Somos parceiros. Trabalhamos juntos. Você sabia que eu acabaria descobrindo. Podia ter me contado.

— Nós não somos parceiros.

Essas palavras me magoaram... e ele queria mesmo que magoassem.

— Não vamos ser parceiros nunca — ele continuou, a voz cortante e nada arrependida. — E quer saber por quê? Porque, por melhor que você seja em entrar na cabeça de gente normal, eu não preciso nem *me esforçar* pra entrar na de um assassino. Isso não te incomoda? Não reparou como foi fácil pra mim ser o monstro na vez em que "trabalhamos" juntos?

Eu tinha reparado, mas atribuí ao fato de Dean ser mais experiente em fazer perfis de assassinos. Não me dei conta de que aquela era uma experiência pessoal.

— Você sabia sobre seu pai? — Me arrependi da pergunta no minuto em que a fiz, mas Dean nem piscou.

— Não — disse ele. — Não no começo, mas devia.

Não *no começo?*

— Eu te disse, Cassie. Quando Briggs começou a aparecer com perguntas sobre casos, não havia mais nada pra estragar.

— Não é verdade, Dean.

— Meu pai estava preso. Eu estava num lar de acolhimento e, mesmo naquela época, já sabia que não era como as outras crianças. O jeito como a minha mente trabalhava, as coisas que *faziam sentido* pra mim... — Ele me deu as costas. — Melhor você sair.

— Sair? Pra onde?

— Aí já não é comigo. — Ele soltou o ar, trêmulo. — Só me deixa sozinho.

— Não quero te deixar sozinho. — E ali estava, algo que nem me permiti *pensar* desde o Verdade ou Desafio.

— Como exatamente eu poderia te contar? — perguntou Dean, ainda de costas para mim. — Ei, olha só. Sua mãe foi assassinada e meu pai é um assassino.

— Isso não tem nada a ver com a minha mãe.

— O que você quer que eu diga, Cassie? — Dean finalmente se virou para me olhar. — Me fala e eu digo.

— Eu só quero que você fale comigo.

Os dedos de Dean se fecharam em punhos ao lado do corpo. Eu mal conseguia ver seus olhos por trás do cabelo caindo no rosto.

— Não quero falar com você — disse ele. — É melhor você ir atrás de Michael.

— Dean...

Alguém segurou meu ombro e me virou. Com força.

— Ele disse que não quer falar com você, Cassie. — Lia tinha uma expressão de pura calma no rosto. O tom de voz era qualquer coisa, menos isso. — Não olha pra ele de novo. Não diz mais nem um pio. Só vai. Ah, uma última coisa. — Ela se aproximou para sussurrar no meu ouvido. — Me lembra de nunca mais te pedir um favor.

# Capítulo 21

**Desci a escada devagar,** tentando entender o que tinha acabado de acontecer. O que é que eu tinha na cabeça pra ir confrontar Dean? Era direito dele ter segredos. Era direito dele estar com raiva por Locke ter me mandado ler as entrevistas sabendo que uma era de seu pai. Eu não devia ter subido. Devia tê-lo deixado em paz.

— Lia ou Dean?

Ergui o olhar e vi Michael parado perto da porta.

— O quê?

— Essa sua cara — respondeu ele. — Lia ou Dean?

Dei de ombros.

— Ambos?

Michael assentiu, como se minha resposta fosse uma conclusão óbvia.

— Você está bem?

— É você quem lê emoções — falei. — Me diz aí.

Ele entendeu isso como um convite para se aproximar. Parou a menos de meio metro e ficou prestando atenção no meu rosto.

— Você está dividida. Mais com raiva de você mesma do que deles. Se sentindo sozinha. Irritada. Burra.

— Burra? — falei.

— Peraí, eu só falo o que vejo. — Pelo que parecia, Michael estava no clima de ser grosseiro. — Você está se sentindo burra. Não quer dizer que seja.

— Por que você não me contou? — Me sentei no degrau de baixo e, segundos depois, Michael veio se sentar ao meu lado, esticando as pernas no piso de madeira. — Por que ficar fazendo esses comentariozinhos velados sobre *Semente maldita* em vez de me contar logo a verdade?

— Eu pensei em te contar. — Michael se apoiou nos cotovelos; sua postura relaxada contradizia a tensão inconfundível na voz. — Toda vez que eu via vocês debruçados sobre um daqueles enigmas da Locke, eu pensava em te contar. Mas o que você diria se eu tivesse contado?

Tentei imaginar como seria escutar a história do pai de Dean pela boca de Michael, que mal conseguia manter a compostura quando Dean estava envolvido.

— Exatamente. — Michael esticou a mão para dar uma batidinha nos meus lábios, como se olhar para aquele ponto tivesse feito ele entender o que eu estava pensando. — Você não me agradeceria por ter te contado. Iria me odiar.

Dei um tapinha na mão de Michael para tirá-la do meu rosto.

— Eu não teria te odiado.

Michael fez um gesto em direção a minha testa, mas se segurou para não tocar no meu rosto novamente.

— Sua boca me diz uma coisa, mas suas sobrancelhas me dizem outra. — Ele fez uma pausa, a boca se curvando num sorriso tranquilo. — Talvez você não perceba, Colorado, mas você sabe ser meio hipócrita.

Desta vez, não me dei ao trabalho de deixar meu rosto falar por mim. Bati no ombro dele... com força.

— Tudo bem. — Michael ergueu as palmas, como se estivesse jogando a toalha. — Você não é hipócrita. Você é honesta. — Ele fez uma pausa e voltou a olhar para a frente. — Talvez eu não quisesse ficar fazendo propaganda de algo que eu não sou.

Por uma fração de segundo, Michael deixou essas palavras — essa confissão — pairarem no ar.

**ACADEMIA DOS CASOS ARQUIVADOS  139**

— Além do mais — continuou ele —, se eu tivesse te contado que entre Redding e eu, eu era a opção mais segura, eu teria perdido toda a credibilidade de bad boy que construí com tanto cuidado.

Foi de autodesprezo a cinismo em menos de dois segundos.

— Pode acreditar — falei com leveza —, você não tem nenhuma credibilidade.

—Ah, é? — disse Michael, e, quando assenti, ele se levantou e segurou a minha mão. — Que tal a gente corrigir isso?

Uma pessoa mais sábia teria dito não. Eu respirei fundo.

— No que você está pensando?

Explodir coisas era surpreendentemente terapêutico.

— Para trás! — gritou Michael, e foi o que fizemos. Um segundo depois, uma série de fogos de artifício disparou, queimando o chão de um saguão falso.

— Tenho uma leve desconfiança de que não era nisso que o agente Briggs estava pensando quando construiu este porão — falei.

Michael me lançou um olhar severo.

— Simulação é uma das nossas ferramentas mais poderosas — disse ele, fazendo uma imitação passável do agente Briggs. — Senão de que outra forma poderíamos visualizar o trabalho da famosa Boom Boom Bandit?

— Boom Boom Bandit? — repeti.

Ele sorriu.

— Fui longe demais?

Fiz um gesto com o indicador pertinho do polegar.

— Só um pouco.

Atrás de nós, a porta do porão abriu e fechou com um estrondo. Até esperava que fosse Judd querendo saber o que exatamente achávamos que estávamos fazendo ali, mas Michael havia me garantido que o porão tinha isolamento acústico.

— Não sabia que tinha alguém aqui. — Sloane nos olhou meio desconfiada. — Por que vocês *estão* aqui?

Michael e eu nos entreolhamos. Abri a boca para responder, mas foi só Sloane ver as provas do crime que arregalou os olhos.

— Fogos de artifício? — disse ela, cruzando os braços sobre a barriga. — No saguão?

Michael deu de ombros.

— Cassie estava precisando se distrair e eu precisava dar mais uns cabelinhos brancos ao Briggs.

Sloane o encarou como se quisesse matar alguém. Considerando o tanto de tempo que ela passava lá embaixo, dava para entender por que ela levava tão a sério qualquer uso indevido dos cenários de crime.

— Desculpa — falei.

— Tem mais é que se desculpar mesmo — ela respondeu, severa. — Vocês estão fazendo tudo errado.

Logo depois Sloane nos deu um sermão de dez minutos sobre pirodinâmica. E várias outras explosões.

— Bom — disse Michael, dando uma olhada no nosso trabalho —, isso vai servir como lição para Briggs e Locke não nos deixarem sozinhos por muito tempo.

Tirei o cabelo do rosto.

— Eles estão trabalhando num caso — falei, me lembrando da expressão no rosto de Locke... e dos detalhes que consegui captar sobre o que ela e Briggs estavam fazendo. — Acho que isso tem uma prioridade um pouco maior do que ficar nos treinando.

— Sloane — disse Michael de repente, pronunciando o nome dela de um jeito arrastado e estreitando os olhos.

— Nada — Sloane se apressou em responder.

— Nada o quê? — perguntei. Era óbvio que eu não estava por dentro de alguma coisa.

**ACADEMIA DOS CASOS ARQUIVADOS** 141

— Quando falei o nome de Locke, Sloane olhou pra baixo, para o lado e depois arqueou as sobrancelhas. — Michael fez uma pausa e, quando voltou a falar, sua voz estava mais suave.

— O que foi, Sloane?

Ela olhava com bastante atenção para as próprias unhas.

— A agente Locke não gosta de mim.

Pensei na última vez que tinha visto Sloane e Locke juntas. Sloane tinha entrado na cozinha e começado a falar de algumas estatísticas sobre assassinos em série. Locke não teve nem oportunidade de responder, porque Briggs foi logo chegando com uma atualização do caso deles. Na verdade, eu não sabia se já tinha visto Locke falar qualquer coisa com Sloane, apesar de facilmente vê-la trocando farpas com Michael e Lia.

— Tinha um pendrive — admitiu Sloane. — Na pasta da agente Locke.

Michael se empolgou.

— Quer dizer que você está com ele agora?

Sloane deu de ombros.

— É uma possibilidade.

— Você pegou um pendrive da pasta da Locke? — Fiquei pensando sobre isso. Quando Lia mexeu nas coisas do meu armário, ela disse que Sloane era a cleptomaníaca da casa. Mas achei que fosse brincadeira.

Pelo visto, não era.

— Vamos focar no que é importante — disse Michael. — Que informação as belas damas aqui presentes acham que Locke carregaria enquanto estivesse trabalhando num caso?

Olhei para Sloane e depois para Michael.

— Você acha que tem algo a ver com o caso atual? — Não consegui afastar da voz aquele tom de quem estava interessada no assunto.

— Também é uma possiblidade — Sloane respondeu, parecendo mais animada.

Michael passou o braço pelo ombro dela.

— Já te disse que você é minha favorita daqui? — ele perguntou, depois me lançou um olhar malicioso. — Ainda está precisando se distrair?

# Capítulo 22

— **Essa criptografia é patética** — disse Sloane. — Parece até que eles *querem* que eu hackeie esses arquivos. — Ela estava sentada de pernas cruzadas na ponta da cama, o notebook apoiado nos joelhos. Seus dedos voavam pelo teclado enquanto ela quebrava a cabeça para conseguir derrubar a proteção do pendrive roubado. Uma mecha de cabelo loiro caiu em seu rosto, mas ela nem pareceu notar. — Consegui!

Sloane virou o notebook para também podermos ver.

— Sete arquivos — disse ela, o sorriso desaparecendo do rosto. — Sete vítimas.

A aula de Locke sobre vitimologia voltou com tudo à minha cabeça. Era por isso que minha mentora carregava uma cópia digital dos arquivos? Estava tentando entrar na cabeça das vítimas?

— E se isso for importante? — perguntei, sem conseguir afastar uma pontada de culpa. — E se Locke e Briggs precisarem dessas informações para o caso deles? — Eu tinha entrado no programa para ajudar, não para ficar atrapalhando os esforços do FBI.

— Cassie — disse Michael, sentando-se junto à cama e esticando as pernas. — Briggs é do tipo que faz backup?

Agente Briggs era do tipo que fazia backup do backup. Ele e Locke estavam fora havia três dias. Se precisassem do pendrive, teriam voltado para buscar.

— Imprimo os arquivos? — perguntou Sloane.

Michael me olhou, arqueando uma sobrancelha.

— A decisão é sua, Colorado.

Eu devia ter dito não. Devia ter falado para Sloane que o caso em que Locke e Briggs estavam trabalhando não era da nossa conta, mas eu tinha ido para lá ajudar, e Locke *tinha* dito que eles acabaram num beco sem saída.

— Imprime.

Um segundo depois, a impressora na mesa de Sloane começou a cuspir páginas. Só foi parar umas cinquenta depois. Michael se inclinou, pegou os papéis, separou-os por caso e pegou três arquivos, entregando logo depois os outros para Sloane e para mim. Eram sete casos de homicídio. Quatro em Washington nas duas semanas anteriores e outros três casos, todos naquele último ano, de outras jurisdições.

— A primeira vítima de Washington desapareceu da rua em que estava trabalhando dez dias atrás e apareceu na manhã seguinte com a cara meio cortada fora — disse Michael, erguendo o rosto após folhear o arquivo.

— Este aqui é de três dias depois — falei. — Mutilação facial, inúmeros cortes superficiais no resto do corpo. Morreu de hemorragia.

— Isso levaria tempo — disse Sloane, pálida. — Horas, não minutos, e de acordo com os relatórios da autópsia, o dano aos tecidos é... *severo*.

— Ele está brincando com elas. — Michael terminou o segundo arquivo e começou o terceiro. — Ele pega essas mulheres. As corta. Fica observando elas sofrerem. Depois, corta a cara delas.

— Não diz *ele* — corrigi, distraída. — Diz *eu* ou *você*.

Michael e Sloane me encararam, e percebi algo que era óbvio: eles tinham aulas bem diferentes das minhas.

— Quer dizer, diz UNSUB — falei para eles. — A expressão em inglês para Elemento Desconhecido.

**ACADEMIA DOS CASOS ARQUIVADOS** 145

— Consigo pensar em alguns nomes bem melhores pra esse cara — murmurou Michael, encarando o último arquivo que tinha em mãos. — Quem está com o arquivo da última vítima?

— Eu — respondeu Sloane, baixinho, e de repente ela pareceu muito jovem. — Trabalhava como quiromante em Dupont Circle. — Por um segundo, achei que Sloane fosse colocar o arquivo de lado, mas de uma hora para outra ela ficou com um semblante tranquilo. — Uma pessoa tem dez vezes mais chance de se tornar atleta profissional do que de ganhar a vida lendo mãos — disse ela, se refugiando nos números.

A *maioria dos assassinos tem um tipo*, pensei, me lembrando das minhas próprias aulas.

— Alguma das outras vítimas tem ligação com psicologia, astrologia ou mediunidade?

Michael deu uma olhada nos dois relatórios que segurava.

— Dama da noite — disse ele. — Outra dama da noite e uma atendente de telemarketing... que trabalhava numa central de suporte mediúnico.

Encarei os dois arquivos na minha mão.

— Eu tenho uma garota de dezenove anos que fugiu de casa e uma médium que trabalhava em Los Angeles.

— Dois tipos diferentes de vítima — observou Michael. — Prostitutas, andarilhas e fugitivas na coluna A. Pessoas com alguma ligação com mediunidade na coluna B.

Peguei as fotos de antes das vítimas nos meus arquivos e gesticulei para os dois fazerem o mesmo.

*Você as escolhe por um motivo*, pensei, observando as mulheres uma de cada vez. *Você corta o rosto delas, desliza a faca pela pele e pelo tecido até alcançar o osso. É algo pessoal.*

— São todas jovens — falei, prestando atenção em cada uma e tentando achar coisas em comum. — Têm entre dezoito e 35 anos.

— Essas três aqui têm cabelo ruivo. — Michael separou as vítimas que não tinham nenhuma relação com mediunidade.

— A quiromante também tinha cabelo ruivo — observou Sloane.

Eu estava olhando para a foto de antes da quiromante.

— A quiromante era loira.

— Não — disse Sloane lentamente. — Ela era loira *natural*. Mas, quando a encontraram, ela estava assim.

Sloane empurrou uma segunda foto, bem macabra, na nossa direção. Realmente, o cabelo do cadáver era de um tom inconfundível de ruivo escuro.

*Foi pintado há pouco tempo*, pensei. *Foi ela quem pintou o cabelo... ou foi você?*

— Duas classes de vítimas — Michael voltou a falar, enfileirando as ruivas em uma coluna, as que tinham relação com mediunidade em outra e posicionando a quiromante de Dupont Circle no meio. — Vocês acham que estamos procurando dois assassinos diferentes?

— Não — falei. — Estamos atrás de um único assassino.

Meus colegas até poderiam fazer observações, Sloane poderia nos oferecer alguma estatística relevante. Se houvesse testemunhas, Michael poderia ter nos contado quem exibia sinais de culpa. Mas ali, naquela hora, olhando para as fotos, estávamos no meu território. Eu teria que dar um passo atrás e explicar a eles como eu sabia, para também poder *entender* como eu sabia... mas, de qualquer forma, eu tinha certeza. As fotos, o que tinha sido feito com aquelas mulheres, era tudo a mesma coisa. Não só os detalhes, mas a raiva, os impulsos...

Todas aquelas mulheres tinham sido mortas pela mesma pessoa.

*Você está subindo o nível*, pensei. *Algo aconteceu e agora você precisa de mais, precisa ser mais rápido.*

Fiquei encarando aquelas fotos, minha mente a mil por hora, tentando absorver cada detalhe das imagens, dos arquivos, até que apenas três coisas se destacaram.

*Faca.*

**ACADEMIA DOS CASOS ARQUIVADOS 147**

*Ruiva.*

*Mediunidade.*

Foi naquele momento que senti como se o chão estivesse desaparecendo sob meus pés. Perdi a capacidade de piscar. Meus olhos ficaram muito secos, e minha garganta estava numa situação pior ainda. Minha visão ficou embaçada, todas as fotos desfocadas, menos uma.

A fugitiva de dezenove anos.

O cabelo, a estrutura facial, as sardas. Pela minha visão embaçada, ela parecia...

*Faca.*

*Ruiva.*

*Mediunidade.*

— Cassie? — Michael segurou minhas mãos. — Você está gelada.

— O unsub está matando ruivas — falei — e mulheres que têm alguma relação com mediunidade.

— Isso não é um padrão — disse Sloane, implicante. — São dois padrões diferentes.

— Não — afirmei —, não são. Eu acho...

*Faca. Ruiva. Mediunidade.*

Não conseguia nem dizer as palavras.

— Minha mãe... — Inspirei de leve e expirei de um jeito brusco. — Não sei como ficou o corpo da minha mãe — soltei, finalmente —, mas sei que a esfaquearam.

Michael e Sloane me encararam. Me levantei e fui até a cômoda. Abri a gaveta de cima e encontrei exatamente o que estava procurando.

Uma foto.

*Não olha*, pensei.

Dirigindo o olhar para qualquer coisa, menos para a foto na minha mão, me inclinei e bati com os dedos na fotografia da quiromante.

— Não acho que ela tenha pintado o cabelo de ruivo — falei. — Acho que foi o assassino.

*Você mata mulheres que têm ligação com mediunidade. Mata ruivas. Mas uma coisa ou outra já não é mais suficiente. Nunca é suficiente.*

Olhando para Michael e Sloane, posicionei a foto da minha mãe entre as duas colunas. Sloane prestou bem atenção na fotografia.

— Ela se parece com as outras vítimas — observou ela, indicando a coluna de ruivas.

— Não — falei. — Elas que se parecem com ela.

Aquelas mulheres tinham sido mortas nos últimos nove meses. Minha mãe estava desaparecida havia cinco anos.

— Cassie, quem é essa? — Michael devia saber qual era a resposta, mas perguntou mesmo assim.

— É a minha mãe. — Eu ainda não conseguia olhar para a foto. — Ela foi esfaqueada. E o corpo nunca foi encontrado. — Fiz uma pausa de um segundo. — Minha mãe ganhava a vida convencendo as pessoas de que era médium.

Michael olhou não só para mim... mas para *dentro* de mim.

— Você está dizendo o que eu acho que está dizendo?

O que eu estava dizendo era que Briggs e Locke estavam atrás de um UNSUB que matava mulheres ruivas que alegavam ser médium ou tinham alguma relação com ocultismo. Podia ser só uma coincidência. Eu devia ter suposto que fosse coincidência.

Mas não foi o que eu supus.

— Eu estou dizendo que esse assassino tem um tipo bem específico: pessoas que se parecem com a minha mãe.

# Você

**Ontem à noite você acordou** suando frio, e a única voz que conseguia ouvir era a do seu pai. *O sonho parecia real. Sempre parece real.* Você sentiu o lençol molhado, o cheiro de urina, ouviu o ruído da mão Dele cortando o ar. Acordou tremendo e percebeu...

A cama molhada.

Não, você pensou. Não. Não. Não.

Mas não havia ninguém ali para te castigar. Seu pai está morto e você, não.

Agora, quem castiga é você.

Mas nunca é suficiente. O cachorro do vizinho. As prostitutas. Nem a quiromante foi suficiente. Você abre o armário do banheiro. Começa a passar as mãos pelos batons, um de cada vez, enquanto se lembra de cada uma das garotas.

Tão calmante.

Tranquilizador.

Emocionante.

Você só para quando chega ao batom mais antigo. O primeiro. Você sabe o que quer. De que precisa. Você sempre soube.

A única coisa que resta a fazer agora é ir atrás disso.

# Capítulo 23

**Quando fiquei sabendo** sobre o pai de Dean, saí correndo, mas naquele momento, quando a fotografia da minha mãe me encarava de um mar de vítimas de homicídio, tudo que eu consegui fazer foi ficar parada.

— Talvez essa não tenha sido uma boa ideia — disse Michael, e, vindas da boca dele, essas palavras pareciam alienígenas.

— Não — falei. — Você queria me distrair. Estou distraída.

— A probabilidade de esse UNSUB ser o mesmo que atacou sua mãe é extremamente baixa — Sloane falou, hesitante, como se achasse que mais uma palavra ou uma estatística pudesse me fazer perder a cabeça. — Esse assassino sequestra as vítimas e as mata num local isolado, deixando pouca ou nenhuma prova no local do sequestro. Há indícios de que pelo menos duas vítimas podem ter sido drogadas. As mulheres têm relativamente poucas lesões causadas na tentativa de se defender, o que indica que provavelmente são contidas antes de a faca entrar no jogo.

Sloane estava falando sobre o MO do assassino. Com o dom que ela tinha, era o máximo conseguia fazer; não conseguia ver nas entrelinhas, não conseguia imaginar de que maneiras um assassino poderia ter refinado sua técnica ao longo de cinco anos.

— Quando o agente Briggs volta? — perguntei.

— Nunca que ele vai te deixar trabalhar nesse caso — disse Michael.

ACADEMIA DOS CASOS ARQUIVADOS **151**

— Esse é seu jeito de me dizer que não quer que ele saiba que hackeamos um pendrive roubado? — respondi.

Michael fez um sonzinho de deboche.

— Por mim, eu não ligaria de anunciar no jornal ou contratar um avião para escrever no céu que três adolescentes entediados deram uma rasteira nele e em Locke.

Eu conseguia pensar em muitas palavras para descrever minha vida naquele momento; *entediada* não era uma delas.

— Se tem uma coisa que a gente pode dizer sobre Briggs é que ele é previsível, Cassie. O trabalho dele é provar que temos capacidade de resolver casos arquivados, não nos arrastar para os ativos. Provavelmente ele é bem sortudo de não ter sido demitido quando os chefes descobriram o que ele estava fazendo com Dean. Mesmo que este caso tenha a ver com o da sua mãe, ele nunca vai te deixar trabalhar nele.

Me virei para Sloane em busca de uma segunda opinião.

— Em duas horas e 56 minutos — disse ela. — Briggs tinha que voltar pra cidade hoje, mas vai precisar ajeitar umas coisas no escritório, pegar uma muda de roupa e tomar um banho antes de vir pra cá.

Ou seja, eu tinha duas horas e 56 minutos para decidir como abordar esse caso com Briggs... ou, melhor dizendo, com a agente Locke.

A parte boa de ter um conchavo com um leitor de emoções foi que Michael percebeu que eu queria ficar sozinha e me deu espaço. Melhor ainda, levou Sloane e os arquivos junto.

Se não fosse por isso, provavelmente eu continuaria sentada lá, olhando para aquelas fotos de cenas de crime e me perguntando se minha mãe tinha morrido sem rosto. Em vez disso, eu estava deitada na cama, encarando a porta e tentando pensar em alguma coisa, *qualquer coisa*, que pudesse oferecer ao FBI para fazer com que me deixassem contribuir naquele caso.

Duas horas e 42 minutos depois, bateram na minha porta. Achei que pudesse ser o agente Briggs chegando quatorze minutos antes do previsto por Sloane.

Mas não era.

— Dean?

Ele nunca vindo atrás de mim *antes* de me dizer que não éramos parceiros nem amigos nem nada. Então não conseguia imaginar por que ele voluntariamente viria atrás de mim naquele momento.

— Posso entrar?

Alguma coisa na postura dele me dizia que ele estava esperando eu dizer não. Talvez eu devesse mesmo ter dito isso. Mas acabei assentindo, por não confiar em como estaria meu tom de voz.

Ele entrou e fechou a porta.

— Lia é bem xereta — explicou, indicando a porta fechada.

Dei de ombros e esperei ele dizer o que afinal não queria que fosse ouvido.

— Desculpa. — Dean conseguiu falar, depois fez uma pausa e disse mais duas palavras. — Por antes.

— Você não tem que se desculpar por nada. — Não havia nenhuma lei dizendo que ele era obrigado a confiar em mim. Sem contar as aulas da Locke, nem chegamos a passar tempo juntos. Ele não tinha *escolhido* me beijar.

— Lia me contou sobre os arquivos que você, Michael e Sloane encontraram.

A mudança repentina de assunto me pegou de surpresa.

— Como é que Lia sabe disso?

Dean deu de ombros.

— Ela é bem xereta.

E como naquele momento eu não era exatamente a pessoa favorita da Lia, ela não tinha nenhum motivo para manter a boca fechada sobre o que quer que tivesse escutado.

— Tá, mas e aí? — perguntei a Dean. — Estamos quites? Eu fiquei sabendo sobre seu pai e Lia te contou que eu acho

**ACADEMIA DOS CASOS ARQUIVADOS 153**

que o UNSUB de quem Briggs e Locke estão atrás pode ser o mesmo que matou a minha mãe. E agora, está tudo bem?

Dean se sentou na cama de Sloane e ficou me olhando.

— Não tem nada bem.

Por que eu tinha conseguido manter a calma com Michael e Sloane, mas naquele momento, perto de Dean, eu me sentia perdendo o controle?

— Sloane disse que acha altamente improvável que esse assassino seja o mesmo que levou minha mãe — falei, encarando meu próprio colo e segurando as lágrimas. — Já faz cinco anos. O MO é diferente. Não sei nem se a assinatura é a mesma, porque o corpo da minha mãe nunca chegou a ser encontrado.

Dean se inclinou para a frente, aproximando sua cabeça da minha.

— Alguns assassinos passam anos sem ser pegos e, com o tempo, os MOS acabam mudando. Eles aprendem. Evoluem. Precisam de *mais*.

Dean estava me dizendo que eu podia estar certa, que a passagem de tempo não exatamente significava que não era o mesmo UNSUB, mas, pelo tom de voz dele, eu sabia que ele não se referia só *àquele* UNSUB.

— Quanto tempo demorou pra ele ser descoberto? — perguntei baixinho. Não especifiquei quem *ele* era. Não precisava.

Dean me encarou, sustentando meu olhar.

— Anos.

Fiquei me perguntando se aquela palavra era mais do que ele já tinha contado a qualquer um sobre o pai.

Eu achava que talvez fosse.

— Minha mãe. Fui eu que encontrei... — Não consegui dizer *o corpo dela*, porque não tinha corpo nenhum.

Engoli em seco, mas fui em frente, porque era importante botar em palavras, dizer a ele.

— Eu tinha ido dar uma olhada na plateia, tentar ouvir o que estavam falando, ver se tinha alguma coisa que eu pudesse

**154** JENNIFER LYNN BARNES

captar que ajudasse minha mãe durante o show. Fiquei fora dez, quinze minutos, e, quando voltei, ela já tinha sumido. Todo o camarim tinha sido revirado. A polícia disse que ela lutou. Eu *sei* que ela lutou... mas tinha tanto sangue. Não tenho ideia de quantas vezes ele a esfaqueou, mas, quando eu voltei para o camarim, deu pra sentir o cheiro. A porta estava entreaberta. A luz estava apagada. Entrei e senti que estava pisando em algo molhado. Acho que falei o nome dela. Aí estiquei a mão até o interruptor, mas acabei tocando na parede, que estava toda ensanguentada. Minhas mãos estavam cheias de sangue, Dean, então acendi a luz e vi que tinha sangue em toda parte.

Dean estava em silêncio, mas continuava ali, tão perto que eu conseguia sentir o calor do corpo dele junto ao meu. Estava me ouvindo, e eu não consegui afastar a sensação de que ele entendia.

— Desculpa — falei. — Não costumo falar sobre isso e também não deixo que me afete desse jeito, mas me lembro de pensar que seja lá quem tenha machucado minha mãe a odiava. Ele a conhecia e a odiava, Dean. Era um sinal, estava lá, no camarim, no sangue espalhado, no jeito como ela lutou... não foi aleatório. *Ele a conhecia*, e como eu podia explicar isso pra alguém? Quem acreditaria em mim? Eu não passava de uma criança bobinha, mas agora Briggs e Locke estão trabalhando nesse caso, e o UNSUB está matando pessoas que se parecem com a minha mãe e trabalham com coisas parecidas... e está fazendo isso com uma faca. E apesar de as vítimas estarem geograficamente espalhadas, apesar de não conhecerem umas às outras, isso é pessoal. — Fiz uma pausa. — Não acho que ele esteja matando essas mulheres. Acho que ele está matando *ela* novamente. E agora não sou mais só uma criança bobinha. Sou uma perfiladora Natural. Mas, mesmo assim... quem vai acreditar em mim?

Dean tocou meu pescoço do mesmo jeito que fez na primeira ocasião em que consegui entrar na cabeça de um assassino.

**ACADEMIA DOS CASOS ARQUIVADOS 155**

— Ninguém vai acreditar em você — disse ele. — Você está próxima demais. — Ele deslizou o polegar pela lateral do meu pescoço. — Mas Briggs vai acreditar em mim.

Dean era a única pessoa na casa que tinha a mesma habilidade que eu. Michael e Sloane podiam até ter ficado em dúvida sobre a minha teoria, mas Dean tinha instintos semelhantes aos meus. Ele saberia se eu estivesse perdendo o juízo ou se realmente houvesse algo a ser investigado.

— Você vai dar uma olhada no caso? — perguntei.

Ele assentiu e tirou a mão do meu pescoço, como se de repente tivesse percebido que estava me tocando.

Me levantei da cama.

— Já volto — falei. — Vou pegar o arquivo.

# Capítulo 24

— Michael, posso pegar o...

Entrei na cozinha e vi que Michael e Sloane não eram os únicos no cômodo: Judd estava cozinhando e o agente Briggs virado de costas para mim, com uma maleta preta fina na altura dos pés.

— ... bacon? — concluí, na pressa.

O agente Briggs se virou para me olhar.

— E por que Michael está com seu bacon? — perguntou ele.

Como se a situação já não estivesse constrangedora o suficiente, Lia escolheu aquele momento para entrar desfilando na cozinha.

— É, Cassie — disse ela, com um sorrisinho debochado. — Conta pra gente por que Michael *está com seu bacon.*

O jeito como Lia falou aquilo não deixou quase dúvida nenhuma de que ela usava a expressão como um eufemismo.

— Lia — disse Judd, balançando uma espátula na direção dela —, chega. — Ele se virou para mim. — O rango logo fica pronto. Dá pra segurar um pouco?

— Dá — falei. — Não precisa de bacon.

Atrás de Briggs, Michael fez um gesto como se desse uma batidinha na testa. Pelo visto, minhas desculpas não foram suficientes. Tentei escapar dali à francesa, mas o agente Briggs me fez parar.

— Cassie. Uma palavrinha.

Olhei para Michael, me perguntando se Briggs havia descoberto alguma coisa sobre o que ele, Sloane e eu tínhamos feito.

**ACADEMIA DOS CASOS ARQUIVADOS 157**

— Adeusinho — disse Sloane de repente.

— Isso vai ser bom — murmurou Lia.

Sloane pigarreou.

— O agente Briggs pediu uma palavrinha. *Adeusinho* é uma das boas. Menos de meio por cento das palavras contém todas as cinco vogais.

Fiquei agradecida pela distração, mas, infelizmente, Briggs não caiu.

— Cassie?

— Claro. — Assenti e o segui para fora da cozinha. Não entendi para onde estávamos indo no início, mas foi só passarmos pela biblioteca que percebi que íamos para o único lugar do térreo aonde eu ainda não tinha ido: o escritório do Briggs.

Ele abriu a porta e gesticulou para eu entrar. Entrei no cômodo e fiquei observando tudo. A sala era cheia de animais estáticos, sem vida.

Troféus de caça.

Um urso cinzento erguido nas patas traseiras, a boca aberta num rugido silencioso. Do outro lado do cômodo estava uma pantera agachada, parecendo viva, os caninos cintilando enquanto uma onça-parda preservava a postura como se estivesse à espreita.

Mas o mais perturbador em todo aquele escritório, talvez em toda aquela situação, era que eu não tinha percebido que o agente Briggs era um caçador.

— São predadores. Lembretes do que a minha equipe tem que enfrentar sempre que saímos mundo afora.

Alguma coisa no jeito como o agente Briggs disse isso me fez ter certeza de que ele sabia o que Michael, Sloane e eu tínhamos feito enquanto ele estava fora. Ele sabia que *nós* estávamos por dentro de todos os detalhes do caso em que ele e Locke estavam trabalhando.

— Como você descobriu? — perguntei.

— Judd me contou. — Briggs atravessou o cômodo e se sentou na beira da mesa. Ele gesticulou para que eu me sentasse numa cadeira em frente a ele. — Olha, Judd pode passar despercebido por aqui, mas quase nada acontece nessa casa sem o conhecimento dele. Coletar informações sempre foi seu forte.

Mantendo o olhar fixo em mim, Briggs abriu a maleta e pegou um arquivo: eram todos os papéis que imprimimos antes.

— Confisquei isto de Michael. E isto aqui — acrescentou ele, mostrando o pendrive — de Sloane. O notebook dela vai fazer uma visitinha ao nosso laboratório técnico pra garantir que todo sinal de informação tenha sido apagado do HD.

Não cheguei nem a ter oportunidade de contar minhas desconfianças ao agente Briggs e ele já estava me cortando... e me excluindo.

Briggs passou a mão pelo queixo, e percebi que ele não se barbeava havia pelo menos um dia.

— O caso não está indo bem. — Fiz uma pausa. — Está?

— Preciso que você escute o que vou te dizer, Cassandra.

Essa foi a segunda vez que ele me chamou pelo nome inteiro desde que falei que preferia Cassie.

— Fui bem honesto com você sobre o que este programa é e não é. O FBI não vai autorizar adolescentes a trabalhar em casos ativos.

Sua escolha de palavras tinha sido mais reveladora do que ele imaginava. O FBI tinha receio de envolver adolescentes na confusão. Era Briggs quem não tinha.

— Então o que você está me dizendo é que usar o filho de doze anos de um assassino em série como sua enciclopédia pessoal da cabeça de um matador tudo bem, mas, agora que o programa foi oficializado, não podemos nem olhar os arquivos?

— O que eu estou dizendo — respondeu Briggs — é que esse UNSUB é perigoso. Ele é aqui da região. E não tenho a menor intenção de envolver vocês.

— Mesmo que esse caso tenha a ver com o da minha mãe? Briggs fez uma pausa.

— Você está se precipitando. — Ele não me perguntou por que eu achava que o caso tinha alguma coisa a ver com o da minha mãe. Mas, agora que eu tinha mencionado a ideia, nem precisava perguntar. — As ocupações. O cabelo ruivo. A faca. Não é suficiente.

— O UNSUB pintou o cabelo da última vítima de ruivo. — Não me dei ao trabalho de perguntar se estava certa sobre isso: meu instinto dizia que sim. — Isso vai além de uma mera escolha de vítima. Não é mais só um MO. Faz parte da assinatura do UNSUB.

Briggs cruzou os braços.

— Não vou falar com você sobre isso.

Mas ele não saiu do escritório... nem parou de ouvir.

— O UNSUB pintou o cabelo dela antes ou depois de matá-la?

Briggs ficou em silêncio. Estava fazendo tudo à risca... mas, por outro lado, também não me mandou parar de falar.

— Pintar o cabelo das vítimas antes de matar poderia ser uma tentativa de criar um alvo mais ideal, uma médium que *também* tem cabelo ruivo. Mas tingir depois... — Fiz uma pausa, só o suficiente para ver se Briggs estava realmente prestando atenção em cada palavra. — Agora, pintar o cabelo da vítima depois de ela morrer é um recado.

— E que recado seria esse? — perguntou o agente Briggs rispidamente, como se estivesse dispensando minha teoria, quando nós dois sabíamos bem que esse não era o caso.

— Um recado pra vocês: a cor do cabelo importa. O UNSUB quer que vocês saibam que existe uma ligação entre os casos. Ele não acredita que vão conseguir chegar a essa conclusão sozinhos... por isso está dando uma mãozinha.

Briggs ficou em silêncio por três ou quatro segundos carregados.

— Não podemos fazer isso, Cassie. Entendo seu interesse no caso. Entendo você querer ajudar, mas seja lá o que você pense que está fazendo, isso precisa acabar agora.

Comecei a reclamar e ele levantou a mão, me silenciando.

— Vou dizer a Locke para te deixar começar a trabalhar nos casos arquivados. Está na cara que você está pronta. Mas se você farejar mais uma vez na direção *deste* caso, vai haver consequências, e te garanto que você vai achá-las bem desagradáveis. — Ele se inclinou para a frente, a postura uma imitação inconsciente do urso rugindo. — Estamos entendidos?

Não respondi. Se Briggs estava mesmo querendo que eu prometesse ficar fora daquilo, ele acabaria ficando bem decepcionado.

— Eu já tenho um perfilador Natural neste programa. — O agente me encarou, os lábios formando uma linha fina e ameaçadora. — Eu preferiria ter dois, mas não botando meu emprego em risco.

Era isso: uma última ameaça. Se eu forçasse a barra, Briggs poderia acabar me mandando para casa. De volta para a Nonna e para as tias e tios e aquela constante sensação de que eu nunca seria como eles nem como *ninguém* fora daquelas paredes.

— Estamos entendidos — falei.

Briggs fechou a maleta.

— Espera mais uns dois anos, Cassie. Eles não vão te deixar fora de campo pra sempre.

Ele esperou minha resposta, mas fiquei em silêncio. Até que ele se levantou e foi até a porta.

— Se ele estiver pintando os cabelos, as regras estão mudando — falei em voz alta, sem me dar ao trabalho de ver se o agente Briggs tinha parado para ouvir ou não. — E isso significa que, antes das coisas melhorarem, elas ainda vão piorar muito.

# Você

**Você não consegue lembrar** quando foi a última vez que se sentiu assim. Todas as outras, sem exceção, não passavam de imitações. Uma cópia de uma cópia daquilo que você mais queria. Mas agora... agora você está perto.

Com um sorriso no rosto, você pega a tesoura. A garota no chão grita, mesmo com a fita adesiva colada no rosto, mas você a ignora. Ela não é o verdadeiro prêmio aqui, é só o meio para chegar a um fim.

Você a pega pelo cabelo e puxa a cabeça para trás. Ela tenta se livrar de você, mas você segura com mais força e bate com a cabeça dela na parede.

— Paradinha — você sussurra, depois solta seu cabelo e levanta uma única mecha.

Você ergue a tesoura. Corta o cabelo.

E a corta.

# Capítulo 25

**Fui deitar cedo.** Tinha acontecido tanta coisa nas últimas 24 horas que meu corpo *doía*. Eu não queria continuar acordada. Por algumas horas, até que esse plano funcionou, mas foi só passar da meia-noite que acordei com o som de passos do lado de fora da porta e a melodia suave de Sloane roncando ao meu lado. Por um segundo, pensei que tivesse imaginado os passos, até que vi a pontinha de uma sombra embaixo da porta.

*Tem alguém lá fora.*

Quem quer que fosse, ficou ali parado. Fui em direção à porta, o cabelo grudado na testa de suor e meus batimentos ecoando nos ouvidos.

Abri a porta.

— Não vai nadar hoje?

Demorei um segundo para conseguir identificar as feições de Michael no escuro, mas imediatamente reconheci sua voz.

— Não estou com vontade de nadar — falei baixo, mas não tanto quanto falaria se as vias nasais da minha colega de quarto não estivessem ameaçando me deixar surda em menos de um ano.

— Tenho uma coisa pra você. — Michael deu um passo à frente, até seu rosto estar a centímetros do meu, e foi lentamente me mostrando um arquivo com dois centímetros de espessura.

Olhei para ele, para o arquivo e para ele de novo.

— Você não fez isso — falei.

— Ah, fiz — respondeu ele. — Fiz, sim.

— Como? — Meus dedos já estavam coçando para arrancar o arquivo da mão dele.

— Briggs pegou o computador da Sloane. Não o meu.

Pensei naquele aviso de Briggs, em sua ameaça de me mandar de volta para casa. E, lentamente, fechei os dedos ao redor do arquivo.

— Você copiou tudo para o seu notebook.

Michael sorriu.

— De nada.

Enfiei o arquivo embaixo do colchão. Talvez houvesse mais alguma pista lá. Talvez não. Na primeira chance que eu tivesse, mostraria a Dean. Infelizmente, quando fui procurá-lo na manhã seguinte, ele não estava sozinho.

— Sentiu minha falta? — A agente Locke nem me esperou responder. — Senta.

Me sentei. E Dean fez o mesmo.

— Aqui. — A agente Locke estendeu uma pasta grossa em nossa direção, o fundo sanfonado esticado até o limite e mais um pouco.

— Que isso? — perguntei.

— Briggs acha que você está pronta pra dar o próximo passo, Cassie. — Locke fez uma pausa. — Ele tem razão?

— É um caso arquivado? — A pasta estava desbotada... e era muito, muito mais pesada do que aquela enfiada embaixo do meu colchão.

— Uma série de homicídios não resolvidos dos anos noventa — disse Locke. — Invasão de domicílio; uma bala na cabeça, estilo execução. O resto do arquivo contém todos os homicídios similares não resolvidos que aconteceram nessa área desde então.

Dean deixou escapar um suspiro.

— Por isso que a pasta está grossa desse jeito — murmurou ele. — Um terço de todos os registros vinculados a uso de drogas deve ser bem assim.

— Então acho que vocês dois vão ficar bem ocupados. — Locke me olhou com uma cara que me deu a entender que Briggs tinha contado a ela sobre nossa discussãozinha. — Volto pra conversar com vocês mais pro fim da semana. Os dois têm muita leitura pela frente, e eu tenho um caso a ser resolvido.

Depois disso, Locke nos deixou sozinhos. Abri a boca para comentar com Dean sobre o caso que havia guardado sob o colchão, mas logo a fechei: Lia era de ficar xeretando... e, pelo que parecia, Judd não era diferente.

— O que você acha da gente trabalhar nesse caso arquivado lá no porão? — perguntei. O porão *com isolamento acústico*.

Levou um tempinho até cair a ficha de Dean, mas, assim que ele entendeu, foi na frente pela escada e, após termos entrado, fechou a porta com força. Ficamos andando ao redor do porão formado por cômodos de três paredes enfileirados nos dois lados, como cenários de teatro esperando uma peça.

Quando tive certeza de que estávamos sozinhos, comecei a falar:

— Ontem, quando fui buscar o arquivo, Briggs me pegou. E, quando voltei para o meu quarto, você já tinha sumido.

— Pode ser que Lia tenha mencionado que Briggs acabou te pegando — disse Dean. — Você está bem?

— Contei minha teoria pra ele. Pedi pra trabalhar no caso. Ele disse não.

— E você vai trabalhar no caso mesmo assim? — Dean parou na frente de um dos cenários de ar livre: um pedaço de parque. Me sentei num banco e ele se encostou no braço do assento.

— Estou com uma cópia do arquivo — falei. — Quer dar uma olhada?

Ele assentiu. Cinco minutos depois, estava mergulhado no caso... e eu com o caso arquivado de Locke nas mãos, pronta para disfarçar caso alguém descesse para ir atrás de nós.

— Às vezes as vítimas são só substitutas — disse Dean assim que leu todo o arquivo. — Eu sou casado, mas nunca conseguiria matar minha própria esposa, então mato prostitutas e finjo que são ela. Meu filho morreu, e, agora, sempre que vejo uma criança de boné, tenho que fazer com que essa criança seja minha.

Dean sempre usava a palavra *eu* para entrar na mente dos assassinos, mas naquele momento, já conhecendo seu passado, ouvir aquela palavra saindo de sua boca me deixou toda arrepiada.

— Talvez a primeira vez que matei alguém não tenha sido planejada, mas agora o único momento em que me sinto vivo é quando sinto a vida se esvaindo de alguém, de alguém como *ela*.

— Você também consegue ver isso, né? — perguntei.

Ele assentiu.

— Eu apostaria dinheiro que essa pessoa está ou revivendo a primeira vez que matou ou fantasiando com uma pessoa que quer matar, mas não pode.

— E se eu te contasse que, cinco anos atrás, uma mulher ruiva, que alegava ser médium, foi morta a facadas, mas o corpo nunca chegou a ser encontrado?

Dean fez uma pausa.

— Eu ia querer saber tim-tim por tim-tim sobre esse caso — disse ele.

Eu também.

# Você

**A caixa é preta.** *O lenço de seda é branco. E o presente... o presente é vermelho. Você o coloca com cuidado no lenço de seda. Põe a tampa da caixa. Lava a tesoura e a usa para cortar uma fita preta comprida... de seda.*

*Especial.*

*Assim como a Garota.*

*Não, você pensa, pegando o presente e passando o polegar coberto pela luva na beirada. Você não precisa mais chamá-la de Garota. Não mais.*

*Você a viu. A observou. Você tem certeza. Chega de imitações. Chega de cópias. Está na hora de ela te conhecer do mesmo jeito que você conheceu a mãe dela.*

*Você coloca o cartão em cima do pacote e escreve o nome dela, cada letra um trabalho de amor.*

C-A-S-S-I-E.

PARTE TRÊS:

CAÇAR

# Capítulo 26

**Querer descobrir mais coisas** sobre o caso da minha mãe e determinar a melhor forma de conseguir acesso ao arquivo dela eram duas coisas bem diferentes. Vinte e quatro horas tinham se passado desde que Dean confirmou minhas impressões sobre o UNSUB, e eu ainda estava de mãos abanando.

— Ora, ora, ora…

Ouvi a voz de Lia, mas me recusei a me virar para vê-la entrando. Me concentrei na madeira da mesa da cozinha e no sanduíche no meu prato.

— Alguém recebeu um pacote pelo correio — cantarolou Lia. — Tomei a liberdade de abrir pra você e *voilà*. Uma caixa dentro de outra caixa. — Ela se sentou ao meu lado, colocando uma caixa de presente retangular à sua frente na mesa. — Será que é um admirador secreto? — Em cima da caixa havia um envelope, que Lia pegou e ficou balançando na minha frente.

Meu nome estava escrito ali, as letras separadas por espaços regulares e apenas um leve toque de curvatura, como se a pessoa que escreveu estivesse dividida entre letra cursiva ou de forma.

— É *incrível* o tanto que você é popular, né? — disse Lia. — Desafia toda a lógica. Eu achava que você era só uma novidade. Num programa com tão poucos alunos, estranho seria se a garota nova *não* chamasse a atenção do sexo oposto. Mas nem Michael nem Dean teriam por que te enviar um pacote pelo correio, então imagino que seu, digamos, *charme* não se limita às pessoas que moram aqui.

Parei de prestar atenção em Lia e olhei para a caixa, de um preto fosco com uma tampa que encaixava perfeitamente. Uma fita preta tinha sido passada duas vezes em volta da caixa, formando uma cruz na frente. Bem no centro da cruz, a fita formava um laço.

— Ouvi meu nome? — Michael se aproximou, juntando-se a nós. — Vocês não odeiam quando entram num lugar e está todo mundo falando de vocês? — Ele olhou para o presente, seu sorriso tornando-se tenso e artificial.

— Alguém aqui não é muito fã de concorrência — disse Lia.

— E alguém aqui é bem mais vulnerável do que demonstra — respondeu Michael sem nem pensar duas vezes. — E aí?

Isso fez Lia se calar... temporariamente. Voltei o olhar para a caixa, passando o dedo pela beirada da fita.

*Seda.*

— Não foi você quem me mandou isto? — perguntei a Michael, a voz entalando na garganta.

— Não — respondeu Michael, revirando os olhos. — Não mandei mesmo.

Ninguém da minha família me enviaria um pacote embrulhado em seda, e eu não conseguia pensar em nenhuma outra pessoa que pudesse querer me mandar algo feito com tanto carinho.

Não tinha sido Michael.

Dean não era do tipo que ficava dando presentes.

Me virei para Lia.

— Foi você quem mandou.

— Não é verdade. — Ela me encarou por um segundo e esticou a mão para pegar o cartão.

— Não... — comecei a dizer, mas minhas palavras foram solenemente ignoradas. Ela tirou um cartão branco do envelope e pigarreou.

— *De mim para você.* — Lia arqueou uma sobrancelha e jogou o cartão na mesa. — Que romântico.

Senti um arrepio na espinha. Minha respiração estava quente, mas minhas mãos estavam geladas. O pacote, a fita, o laço amarradinho...

*Tem alguma coisa errada.*

— Cassie? — Michael deve ter percebido no meu rosto. Ele se inclinou na minha direção e eu olhei para Lia, mas, pela primeira vez, ela não tinha nada a dizer. Fui lentamente levando a mão ao laço. Puxei a ponta, e ele se desfez num delicado montinho preto.

Agora que já tinha começado, eu não conseguia parar. Segurei a tampa da caixa, depois a puxei e a coloquei de lado com cuidado. Seda branca, dobrada com capricho, forrava o interior.

— O que é?

Ignorei a pergunta de Lia. Enfiei a mão na caixa. Desdobrei a seda.

E gritei.

Aninhada ali dentro estava uma mecha de cabelo ruivo.

# Capítulo 27

**Levou uma hora** para o agente Briggs chegar a nossa casa. E cinco segundos da porta até a cozinha… e a caixa.

— Ainda acha que estou me precipitando quando digo que este caso é relacionado com o da minha mãe? — perguntei, a voz trêmula. Ele me ignorou e gritou ordens para a equipe de agentes que o acompanhava.

— Enfiem tudo num saco: o pacote, a caixa, a fita, o cartão, *tudo*. Se houver qualquer rastro de prova, eu quero saber. Starmans, rastreie a caixa: como foi enviada, de onde foi enviada, quem pagou. Brooks, Vance, precisamos pra ontem do DNA do cabelo. Não ligo pra quem vocês vão ter que ameaçar no laboratório pra conseguir, só consigam. Locke…

A agente Locke cruzou os braços e encarou Briggs. Para crédito dele, ele abaixou a voz até um volume e tom mais razoáveis.

— Se isso for do nosso UNSUB, muda tudo. Não temos provas de que ele tenha feito contato com um alvo antes de matar a pessoa. Talvez seja nossa chance de estarmos um passo à frente dele.

— Nem sabemos se é nosso UNSUB — observou a agente Locke. — É cabelo ruivo. Até onde a gente sabe, pode ser uma pegadinha de mau gosto.

Ela desviou o olhar para Lia assim que disse *pegadinha de mau gosto*. Virei a cabeça para também encarar a Natural mentirosa.

Lia jogou o cabelo preto por cima do ombro.

— Isso vai um pouco além do aceitável até pra mim, agente Locke.

Locke voltou o olhar para mim.

— Se meteu em alguma discussão ultimamente? — perguntou ela.

Abri a boca e olhei novamente para Lia. *Me lembra de nunca mais te pedir um favor.* O veneno na voz dela quando disse essas palavras foi bem palpável.

— Lia. — O agente Briggs mal conseguiu pronunciar o nome de tão contraída estava sua mandíbula. — Me conta de novo como foi que você encontrou o presente.

Os olhos de Lia faiscaram.

— Eu saí pra buscar a correspondência. Tinha um pacote com o nome da Cassie escrito. Abri o tal pacote. Dentro havia uma caixa. Decidi que queria ver a cara de Cassie quando *ela* abrisse a caixa. Aí trouxe pra cozinha. Cassie abriu. Fim.

Briggs se virou para Locke.

— Se o DNA for compatível com uma das vítimas, você vai ter que refazer o perfil do zero. Se não for...

Ele olhou para Lia.

— Por que todo mundo fica me olhando? — disse ela, ríspida. — Eu encontrei o pacote. Não enviei. Se o DNA do cabelo não tiver nenhuma correspondência, talvez vocês devessem considerar fazer umas perguntinhas pra *Cassie*.

— Pra mim? — perguntei, sem conseguir acreditar.

— Você queria entrar no caso — rebateu Lia. — Agora, do nada, o assassino faz contato com você? Que sortuda, hein?

Não sabia se Lia realmente acreditava no que estava dizendo. Mas não importava, porque Briggs já estava me olhando de um jeito incisivo.

— Cassie não fez isso.

Só fui perceber a presença de Dean quando ele falou. Era óbvio que os agentes também não tinham percebido. Briggs chegou a dar um pulo.

**ACADEMIA DOS CASOS ARQUIVADOS 175**

— Ela não é de fazer joguinho. — A voz de Dean não deixava brecha para dúvidas. — Cassie quer trabalhar no caso porque ela acha que tem relação com o assassinato da mãe dela. Por que ela arriscaria desviar esforços e recursos da verdadeira investigação quando ela *sabe* que o assassino está aumentando o nível? Se isso for uma pegadinha, é uma pegadinha que vai acabar matando alguém.

Senti diminuir o aperto no peito. Desviei o olhar para Dean e de repente consegui respirar.

— Dean tem razão. — A voz de Locke soou exatamente como a minha enquanto eu tentava resolver um enigma. — Se Cassie quisesse entrar no caso, ela daria um jeito de continuar trabalhando por conta própria.

Fiz um esforço enorme para não parecer que estava sendo pega no flagra… porque trabalhar por conta própria era *exatamente* o que eu andava tentando fazer.

— Cassie, você largou ou não o caso quando eu mandei? — Briggs deu um passo à frente, ficando perto até demais de mim. — Você fez *alguma coisa* que possa ter atraído a atenção do assassino?

Fiz que não… para as duas perguntas. Briggs voltou a mão para a lateral do corpo. Depois contraiu novamente a mandíbula. E, pela segunda vez, Dean interveio.

— A única coisa que Cassie fez foi me dar uma cópia do arquivo do caso.

Todos os olhos se voltaram para Dean. Normalmente ele agia e andava como alguém que queria se mesclar aos móveis da casa, mas, naquela hora, seus ombros estavam empertigados, a mandíbula firme.

— Eu li o arquivo. Fiz o perfil. E acho que Cassie está certa — disse Dean, encarando o agente Briggs. — Aquelas mulheres são substitutas, e acho que existe uma chance bem real de que a pessoa que elas estejam substituindo seja a mãe de Cassie.

— Você nunca nem viu o arquivo do caso de Lorelai Hobbes — respondeu Briggs. Ouvir o nome da minha mãe foi como levar um soco no estômago.

— Eu vi a foto da mãe de Cassie — argumentou Dean. — Vi o cabelo humano que mandaram de presente pra Cassie.

Briggs ouviu cada palavra de Dean com uma expressão intensa de concentração no rosto.

— Você não está autorizado a trabalhar nesse caso — o agente finalmente disse.

Dean deu de ombros.

— Eu sei.

— Você *não vai* trabalhar nesse caso.

— Eu sei.

— Vou fingir que essa conversa nunca existiu.

— *Mentiroso* — disse Lia, disfarçando como se fosse tosse.

Briggs não achou graça.

— Pode sair, Lia.

Ela uniu as mãos.

— Ah, mamãe, posso mesmo?

Dean fez um ruído como se estivesse engasgado. Eu não tinha como afirmar, mas era possível que ele estivesse segurando uma risada.

— Agora, Lia.

Depois de um longo momento e de olhar bem nos olhos de cada um, Lia deu meia-volta e saiu. Quando teve certeza de que a garota tinha saído, o agente Briggs se virou para a agente Locke.

— Você acha que esse caso tem relação com o caso de Lorelai Hobbes?

Nessa segunda vez que ele disse o nome da minha mãe, eu não me encolhi. Me concentrei no fato de que Lia tinha razão: Briggs não tinha a menor intenção de esquecer o que Dean tinha contado.

*Acho que Cassie está certa.*

— Não sei se tem alguma importância os dois casos poderem estar conectados — Locke finalmente respondeu. — Cassie tem o cabelo ruivo. É um pouco mais jovem do que as outras vítimas, mas, fora isso, se encaixa no perfil das vítimas desse assassino, e, mais importante, nosso UNSUB está aumentando o nível. Vamos supor que o cabelo da última vítima foi pintado como uma forma de nos passar um recado... se for isso, esse cara está jogando com a gente. E, se estiver jogando com a gente, existe uma grande chance de estar nos *observando*. — A agente Locke passou o dorso da mão na testa, nitidamente exausta. — Se estiver nos observando, também pode ter nos seguido até aqui, e, se nos seguiu até aqui, pode ter visto Cassie.

O telefone de Briggs tocou antes que ele pudesse responder. No momento em que desligou, eu já sabia quais palavras sairiam de sua boca.

— Nós temos outro corpo.

# Você

**Você vê os agentes** do FBI correndo de um lado para o outro da cena do crime, como se fossem baratas tontas. Aquele cadáver não é seu melhor trabalho. Você a matou na noite anterior e os gritos dela já se apagaram dos seus ouvidos. O rosto ainda está mais ou menos reconhecível.

Desta vez você usou uma tesoura em vez da sua faca.

Mas esse não é o ponto. Não desta vez. Desta vez, o mais importante é o presente que você enviou para a pequena e doce Cassandra Hobbes. Aquilo, sim, foi genuíno.

A piranha patética caída morta no chão é só uma parte do plano. Ao amanhecer você abandonou o corpo dela, sabendo que não seria descoberto imediatamente. Você torceu, chegou até a rezar para que Cassie estivesse lá quando os agentes recebessem a ligação.

Será que você gritou quando abriu a caixa, Cassie? Pensou em mim? Sou eu que te mantenho acordada à noite? *Tem tanta coisa que você quer perguntar a ela.*

Tanta coisa que quer contar a ela.

O resto do mundo nunca vai entender. O FBI nunca vai entender como seu cérebro funciona.

Eles nunca vão perceber o quanto você está perto.

Mas Cassie... ela, sim, vai saber de tudo. Vocês têm uma ligação. Cassie é filha da mãe dela... e isso é o mais perto que você vai conseguir chegar.

# Capítulo 28

**O cabelo da caixa preta** retornou dois dias depois, vinculado à última vítima do UNSUB.

— Aceito presentes como pedido de desculpas — disse Lia para a agente Locke. — A hora que quiser.

Locke não respondeu. Nós três, mais Briggs, Michael e Dean, estávamos no escritório de Briggs. Sloane não estava por perto. *Você me mandou uma mecha de cabelo.* Eu não conseguia deixar de falar com o assassino na minha mente, não conseguia parar de pensar naquele presente e no que significava o UNSUB ter me enviado aquilo. *Ela estava gritando quando você cortou o cabelo dela? Depois você usou a tesoura para cortá-la? O objetivo ali era ela mesmo? Ou era eu? Minha mãe?*

— Estou correndo perigo? — falei com uma calma impressionante, como se minha pergunta fosse só uma peça daquele quebra-cabeça, e não uma questão de vida e morte... especificamente minha.

— O que você acha? — perguntou Locke.

Briggs estreitou os olhos, como se não conseguisse acreditar que ela estava usando aquilo como oportunidade para me ensinar alguma coisa, mas respondi mesmo assim.

— Acho que esse UNSUB quer me matar, mas ainda não chegou a hora.

— Isso é loucura. — Michael estava com aquela expressão no rosto que deixava bem claro que ele queria bater em alguém.

— Cassie, você está se ouvindo? — Ele se virou para Briggs. — Ela está em estado de choque.

— *Ela* está bem aqui — falei, mas não cheguei a contradizer a fala de Michael. Considerando sua capacidade de ler as pessoas, eu precisava admitir que talvez ele estivesse certo. Talvez eu estivesse mesmo em estado de choque. Não dava para negar o fato de que eu estava contendo minhas emoções.

Eu não estava com raiva.

Eu não estava com medo.

Não estava nem pensando na minha mãe e no fato de que era bem provável que aquele UNSUB talvez a tivesse matado.

— Você mata mulheres — falei em voz alta. — Mulheres ruivas. Mulheres que te lembram outra pessoa. Aí um dia você me vê e, por algum motivo, eu não sou como as outras. Você nunca precisou falar com elas. Nunca precisou que elas fossem dormir à noite pensando em você. Mas eu não sou como essas mulheres. Você me enviou um presente. Talvez queira me assustar. Talvez esteja fazendo um joguinho comigo ou me usando pra atingir os agentes federais. Mas o jeito como você embrulhou a caixa, o cuidado que teve ao escrever meu nome no cartão… Uma parte sua acha que você realmente me *deu* um presente. Você está falando comigo. Você me tornou alguém especial, e, quando me matar, vai ter que ser um evento tão especial quanto. — Estava todo mundo com os olhos fixos em mim. Me virei para Dean. — Estou errada?

Dean refletiu um pouco.

— Estou matando há muito tempo — ele disse, entrando na mente do assassino com tanta facilidade quanto eu. — E cada vez é um pouco *menos* do que na ocasião anterior. Não quero ser pego, mas preciso do perigo, da emoção, do desafio.

Ele fechou os olhos por um instante, e, quando os abriu, era como se fôssemos as únicas pessoas naquele escritório.

— Você não está errada, Cassie.

— Isso é doentio — disse Michael, elevando o tom de voz.
— Tem algum psicopata por aí obcecado pela Cassie e vocês
dois estão agindo como se isso fosse um jogo.

— É um jogo — disse Dean.

Eu sabia que Dean não estava gostando daquilo, que olhar
para mim pelos olhos de um assassino não era algo que ele *escolheria* fazer, mas tudo que Michael ouviu foram as palavras. Ele
deu um salto e agarrou Dean pela frente da camiseta.

Um segundo depois, Michael estava pressionando Dean
contra a parede.

— Olha aqui, seu doente filho da...

— Michael! — Briggs o afastou de Dean, mas, no último
segundo, foi Dean quem pulou e agarrou Michael, invertendo
as posições e enfiando o cotovelo sob a garganta de Michael.

Dean falou num sussurro:

— Nunca disse que isso era um jogo pra mim, Townsend.

Era um jogo para o UNSUB. Eu era o prêmio. E, se não to-
mássemos cuidado, Michael e Dean iam acabar matando um
ao outro.

— Chega — disse Locke, tocando no ombro de Dean. Seus
músculos enrijeceram e, por um segundo, achei que talvez ele
acabasse batendo nela.

— Chega — repetiu Dean, ofegante. Depois largou Michael, deu um passo atrás e continuou andando até as costas
baterem na parede oposta. Ele não era de perder o controle, não
podia se dar a esse luxo, e tinha chegado tão perto disso com
Michael que ficou assustado.

— E agora, o que a gente faz? — perguntei, desviando a atenção das pessoas em Dean e dando a ele um momento para se
recuperar.

Briggs apontou o dedo na minha direção.

— De um jeito ou de outro, você não vai trabalhar no caso.
Nenhum de vocês. — Ele olhou para Dean e logo depois voltou
aquele olhar, que mais parecia um laser, para mim. — Designei

uma equipe pra vigiar a casa. Vou apresentar todos vocês aos agentes Starmans, Vance e Brooks. Até segunda ordem, ninguém sai de casa e Cassie nunca fica sozinha.

Me proteger não nos aproximaria daquele UNSUB.

— Você devia me levar com vocês — falei para Briggs. — Se esse cara me quer, a gente tinha que usar isso. Preparar uma armadilha.

— Não! — Michael, Dean e Briggs responderam exatamente no mesmo segundo. Então encarei a agente Locke com um olhar suplicante.

Ela parecia prestes a concordar comigo, mas, no último instante, tudo que fez foi morder o lábio e balançar a cabeça.

— O UNSUB só fez contato uma vez. Ele vai tentar de novo, quer você esteja aqui ou em outro lugar, e pelo menos aqui nós temos a vantagem de estar em casa.

Eu já tinha aprendido que não existia vantagem nenhuma em jogar em casa, mas as lições que aprendi com minha mãe tinham relação com analisar pessoas, não com ficar brincando de gato e rato com assassinos.

— O UNSUB está quebrando o padrão. — Locke esticou a mão e tocou delicadamente na lateral do meu rosto. — Por mais assustador que isso seja, é uma coisa boa. Nós sabemos o que ele quer e podemos impedir que ele obtenha isso. Quanto mais irritado ele ficar, mais chance tem de acabar cometendo um erro.

— Eu não posso ficar sem fazer *nada*. — Olhei bem nos olhos da minha mentora, torcendo para ela entender.

— Você pode fazer uma coisa — ela disse, finalmente. — Pode fazer uma lista. Todo mundo com quem você conversou, todo mundo que conheceu, todos os lugares em que esteve, todas as pessoas que passaram mesmo que um segundo te *olhando* desde que você chegou aqui.

Imediatamente me lembrei daquele homem que interrompeu minha leitura naquela tarde à beira do Potomac... sem nem me dizer seu nome. Será que era ele? Ou não era nada?

ACADEMIA DOS CASOS ARQUIVADOS **183**

Era difícil não ficar paranoica considerando o que eu sabia naquele momento.

— O UNSUB mandou o pacote pelo correio — observou Lia, me arrancando dos meus pensamentos. — Ele não precisa ser daqui.

Dean enfiou as mãos nos bolsos.

— Ele ia querer vê-la — disse ele, o olhar se desviando para o meu rosto apenas por um segundo.

— Não conseguimos rastrear o pacote — disse Locke, irritada. — Correio cheio, dia agitado, um funcionário que não prestava atenção em nada e o lugar não tinha câmeras de segurança. Nosso UNSUB pagou em dinheiro, e o endereço do remetente é falso, claro. Esse cara é bom e está brincando com a gente. A essa altura do campeonato, eu não descartaria nada.

# Capítulo 29

**Pelos três dias seguintes,** eu mal conseguia ir ao banheiro sem alguém junto comigo. E toda vez que olhava pela janela, eu sabia que o FBI estava lá, observando e esperando, torcendo para o assassino fazer uma nova tentativa.

— Sabia que existem cerca de trinta mil agentes funerários na ativa nos Estados Unidos?

Sloane, a única da casa que eu não podia expulsar do quarto porque o quarto também era dela, acabou assumindo a função de babá da Cassie depois que tentei dar uma escapadinha para passar um tempo só.

— Agentes funerários? — repeti. Olhei para ela, desconfiada. — Te deram café?

Sloane fez questão de não responder à pergunta sobre o café.

— Achei que seria um jeito legal de se distrair.

Me sentei na cama.

— Você não tem nenhuma estatística mais alegre?

Sloane franziu a testa, refletindo.

— Animais feitos de balão são coisas alegres?

*Ah, meu pai amado.*

— Artistas que trabalham com balões têm mais chance de sofrerem hemorragia subconjuntival do que artistas de circo.

— Sloane, não tem nada de alegre em hemorragia subconjuntival.

Ela deu de ombros.

— Se você tivesse um balão, eu poderia fazer um cachorro salsicha.

Mais uns dias daquilo e eu talvez até me sentisse disposta o suficiente para me entregar ao UNSUB. Quem diria que meus colegas Naturais levariam tão a sério a ordem de Briggs de não me deixar sozinha? Dean e Michael mal suportavam ficar no mesmo cômodo, mas era só eu sair do meu quarto que um deles ou os dois estavam me esperando. A única coisa que poderia ter tornado tudo mais constrangedor seria se Lia não tivesse sido generosa a ponto de decidir ficar de fora daquela confusão.

— Toc-toc!

Lá se foi a generosidade de Lia.

— O que você quer? — perguntei, sem me dar ao trabalho de ser boazinha.

— Nossa, quanto mau-humor.

Se um olhar pudesse matar, Lia estaria morta no chão e eu, sendo julgada por assassinato.

— Eu imagino — disse Lia, como se estivesse fazendo a concessão mais bondosa do mundo — que a discussão que você teve com Dean sobre o pai dele não foi totalmente sua culpa, e como toda essa coisa de cabelo na caixa parece ter renovado o propósito dele na vida, eu não tenho mais a obrigação moral de fazer da sua vida um inferno.

Não sabia bem como responder a isso.

— Obrigada?

— Achei que seria bom você ter uma distraçãozinha. — Lia sorriu. — Se tem uma coisa em que sou boa, é em distrações.

Na última vez que eu tinha dado permissão a Lia para ditar nossos planos, acabei beijando Dean *e* Michael com um intervalo de menos de 24 horas. Mas após três dias de prisão domiciliar e muitas estatísticas sobre cachorros salsicha, eu estava desesperada.

— Em que tipo de distração você está pensando?

Lia jogou uma nécessaire na minha cama, e eu a abri.

— Você assaltou uma loja de cosméticos?

Lia deu de ombros.

— Eu gosto de maquiagem... e nada distrai tanto quanto uma transformação. Além do mais... — Ela enfiou a mão na nécessaire e pegou um batom. Depois abriu um sorriso malicioso, tirou a tampa e girou o fundo. — Essa com certeza é a sua cor.

Olhei para o batom. Tinha uma cor escura, entre vermelho e marrom. Sexy demais para mim... e estranhamente familiar.

— E aí, o que acha? — perguntou Lia, mas nem esperou pela resposta. Foi logo me puxando para sentar na cama, depois se aproximou, inclinou meu queixo para trás e passou o batom em mim.

— Kleenex! — gritou ela.

Sloane trouxe o lenço de papel com um sorriso bobo estampado no rosto.

— Seca — ordenou Lia.

Eu sequei.

— Sabia que seria uma cor boa em você — disse Lia, a voz arrogante e satisfeita. Sem dizer mais nada, ela voltou a atenção para os meus olhos. Quando terminou, eu a afastei e fui me olhar no espelho.

— Ah. — Não consegui deixar de dizer. Meus olhos azuis estavam gigantescos. Meus cílios tinham recebido uma camada de rímel e a cor escura nos meus lábios fazia um contraste com minha pele branca como porcelana.

Eu estava parecida com a minha mãe. As feições, o jeito como todos os detalhes se combinavam no rosto... tudo.

*Vestido azul. Sangue. Batom.*

Uma série de imagens surgiu na minha cabeça, e percebi com um lampejo súbito por que aquela cor de batom me parecia tão familiar. Me inclinei na cama, remexendo na nécessaire de maquiagem até encontrá-lo. Então virei o tubinho e dei uma olhada no nome da cor.

— *Rosa Vermelha* — li, engolindo em seco assim que pronunciei as palavras. Virei para Lia. — Onde você conseguiu isto?

— Qual a importância?

As articulações dos meus dedos ficaram pálidas ao redor do tubo.

— Onde você conseguiu isto, Lia?

— Por que você quer saber? — respondeu ela, cruzando os braços e examinando as unhas.

— Eu só quero saber, tá? — Eu não podia contar mais do que isso... e também não deveria ser obrigada. — Por favor.

Lia pegou as maquiagens na cama e seguiu para a porta. Então abriu um daqueles sorrisos que não eram exatamente sorrisos.

— Eu comprei, Cassie. Com dinheiro. Como parte do nosso lindo sistema de trocas capitalistas. Feliz?

— A cor... — comecei a dizer.

— É uma cor popular — interrompeu Lia. — Se você subornar Sloane com café, ela te diz quantos milhões de batons desse são vendidos todo ano. Sério, Cassie. Não pergunta por quê. Só agradece.

— Obrigada — falei baixinho, mas não pude deixar de sentir que o universo estava debochando da minha cara, e também não consegui evitar olhar o tubo na minha mão e pensar várias e várias vezes que, no passado, eu conheci outra pessoa que gostava do batom Rosa Vermelha.

Minha mãe.

# Você

— *Paradinha aí.*

A garota choraminga, os olhos cheios de lágrimas e as mãos puxando as amarras. *Você dá um tapa na cara dela e ela cai no chão. Não há nenhum prazer envolvido.*

*Ela não é Lorelai.*

*Ela não é Cassie.*

*Ela não chega nem a ser uma imitação razoável. Mas você tinha que fazer alguma coisa. Tinha que mostrar às pessoas ao redor de Cassie o que acontece quando elas tentam se colocar entre você e o que te pertence.*

— *Paradinha* — *você volta a dizer.*

*Desta vez, a garota obedece. Você não a mata. Nem a machuca.*

*Ainda não.*

# Capítulo 30

**Acordei no meio da manhã** com raios de luz entrando pela janela do quarto. Sloane não estava. Depois de dar uma espiada no corredor, entrei no banheiro e tranquei a porta.

Solidão. Pelo menos por enquanto.

Abri a cortina da banheira. Depois liguei o chuveiro o mais quente possível. O som da água batendo na porcelana foi tranquilizador, hipnótico. Me sentei na banheira, puxando os joelhos até o peito.

Seis dias antes, um assassino em série tinha feito contato comigo, e minha única reação foi calma e tranquilamente entrar na cabeça do UNSUB. Mas, na noite anterior, usar o mesmo batom que minha mãe usava acabou comigo.

*Foi só uma coincidência,* falei para mim mesma. *Uma coincidência horrível, distorcida e inadequada que, dias após ser contactada pelo provável assassino da minha mãe, Lia me deixou igualzinha a ela.*

*"É uma cor popular. Só agradece."*

O vapor foi aumentando ao meu redor, me fazendo lembrar de que eu estava desperdiçando água quente, um pecado mortal numa casa com cinco adolescentes. Levantei e passei o braço pelo espelho, deixando uma marca na superfície coberta de vapor.

Fiquei me encarando, banindo a imagem do Rosa Vermelha nos lábios. Aquela era eu. Eu estava bem.

Tirei o pijama, entrei no chuveiro e deixei o jato de água bater direto na minha cara. A lembrança veio de repente, sem nenhum aviso.

*Luzes fluorescentes oscilaram logo acima e, no chão, minha sombra piscou.*

*A porta do camarim dela está levemente entreaberta.*

Me concentrei no som da água, na sensação dela escorrendo na pele, afastando as lembranças.

*O cheiro...*

Desliguei o chuveiro abruptamente. Me enrolei numa toalha e pisei no tapete, pingando. Passei os dedos pelo cabelo e me virei para a pia.

Foi quando eu ouvi o grito.

— Cassie! — Levei um momento para entender meu nome e outro para reconhecer que era Sloane gritando. Corri só de toalha até o nosso quarto.

— O que foi? Sloane, o que foi?

Ela ainda estava de pijama. O cabelo loiro-platinado grudado na testa.

— Tinha meu nome — disse ela, a voz tensa. — Não é roubo se tem meu nome.

— O que tinha seu nome?

Com as mãos trêmulas, ela me estendeu um envelope acolchoado.

— De quem você *não roubou* isso? — perguntei.

Sloane estava com uma cara de culpada.

— De um dos agentes lá embaixo.

Eles estavam de olho na correspondência de todo mundo, não só na minha.

Inclinei a cabeça para ver o que tinha dentro do envelope e só então entendi por que Sloane tinha gritado.

Dentro do envelope havia uma caixinha preta.

Quando a caixa foi tirada do envelope, não havia nenhuma dúvida de que tinha relação com a primeira: a fita, o laço, o cartão branco com meu nome escrito em uma letra cuidadosa, não exatamente cursiva. A única diferença era o tamanho... e o fato de que, daquela vez, o UNSUB tinha usado Sloane para chegar a mim.

*Você sabe que o FBI está me protegendo. Mas me quer mesmo assim.*

— Você não abriu a caixa. — O agente Briggs pareceu surpreso. Uns dez segundos depois de eu ter percebido o que havia dentro do envelope, os agentes Starmans e Brooks entraram no quarto e logo chamaram Locke e Briggs. Só tive tempo de me vestir antes que a dupla dinâmica chegasse... junto com um homem mais velho.

— Eu não queria comprometer as provas — falei.

— Você agiu certo — falou pela primeira vez o homem que tinha ido com Briggs e Locke. Tinha uma voz rouca que combinava perfeitamente com o rosto bronzeado e cheio de marcas de sol. Imaginei que beirasse os 65 anos. Não era alto, mas tinha uma presença forte, e me olhou como se eu fosse uma criança.

— Cassie, este é o diretor Sterling. — Locke o apresentou, mas deixou muita coisa de fora.

Por exemplo, ela não disse que aquele homem era o chefe deles.

Não disse que tinha sido ele quem deu autorização para o programa dos Naturais.

Não disse que tinha sido ele quem arrancou o couro do Briggs por ter usado Dean em casos ativos.

E nem precisou dizer.

— Quero estar presente quando vocês abrirem — falei, me dirigindo à agente Locke, mas foi o diretor Sterling quem respondeu.

— Não acho que seja necessário — disse ele.

Aquele homem tinha filhos, talvez netos, mesmo ele tendo uma patente alta no FBI. Isso poderia ser útil.

— Eu sou um alvo — falei, arregalando os olhos. — Esconder essa informação de mim me deixa vulnerável. Quanto mais eu souber sobre esse UNSUB, mais segura eu fico.

— Nós protegemos você — afirmou o diretor, como um homem acostumado com suas palavras serem lei.

— Foi o que o agente Briggs disse quatro dias atrás — falei —, e agora esse cara está chegando a mim por meio de Sloane.

— Cassie... — O agente Briggs começou a falar com aquele mesmo tom que o diretor havia usado, como se eu fosse uma criancinha, como se eles não tivessem me selecionado para resolver casos.

— O UNSUB fez outra vítima, não foi? — Minha pergunta, que na verdade era só um palpite, foi recebida com um silêncio absoluto.

Eu estava certa.

— Esse UNSUB me quer. — Fui destrinchando o quebra-cabeça. — Vocês tentaram mantê-lo afastado, mas, o que quer que haja naquela caixa, é um passo maior do que o que o UNSUB me enviou da última vez. Pra vocês é um recado, e, pra mim, um presente. Se ele desconfiar de que vocês estão escondendo isso de mim, as coisas só vão piorar.

O diretor assentiu para o agente Briggs.

— Abra a caixa.

Briggs colocou um par de luvas, depois puxou a ponta da fita e o laço se desfez. Ele colocou o cartão de lado e ergueu a tampa da caixa.

Papel de seda branco.

Ele abriu o papel cuidadosamente. Dentro da caixa havia uma mecha de cabelo. Loiro.

— Abre o cartão — falei, com um nó na garganta.

Briggs abriu o envelope e tirou o cartão. Assim como o último, esse também era branco, elegante, mas simples. O agente abriu o cartão e uma fotografia caiu.

**ACADEMIA DOS CASOS ARQUIVADOS** 193

Vi a garota da foto antes que eles pudessem esconder de mim. Estava com os pulsos amarrados atrás do corpo. O rosto estava inchado e havia sangue seco cobrindo o couro cabeludo. Os olhos estavam cheios de lágrimas e com uma expressão tão intensa de medo que consegui *ouvir* os gritos dela por trás da fita adesiva. Tinha cabelo loiro-escuro e uma carinha de bebê.

— Ela é muito novinha — falei, sentindo o estômago embrulhado. A garota da foto tinha quinze, no máximo dezesseis anos... e, até aquele momento, nenhuma das outras vítimas do UNSUB eram menores de idade.

Mas essa era ainda mais nova do que eu.

— Briggs. — Locke pegou a foto e mostrou para ele. — Olha o jornal.

Eu estava tão concentrada no rosto da garota que não reparei no jornal posicionado no peito dela.

— Ontem a essa hora ela estava viva — disse Briggs, e foi então que eu percebi... por que aquele presente era diferente do último, por que o cabelo na caixa era loiro.

— Você a pegou — falei baixinho — porque eles me pegaram.

Locke me encarou, e percebi que ela tinha me escutado. Ela *concordava* comigo. Senti uma onda de culpa subindo como náusea pela garganta. Eu poderia refletir sobre aquilo depois. Poderia odiar o UNSUB e a mim mesma pelo sangue e os machucados no rosto daquela garota depois. Agora, eu precisava segurar a onda.

Precisava *fazer* alguma coisa.

— Quem é ela? — perguntei. Se pegar aquela garota era o jeito do assassino atacar porque o FBI estava tentando mantê-lo longe de mim, ela não devia ser qualquer uma. Aquela garota não se encaixava na vitimologia das outras vítimas do UNSUB, mas se havia uma coisa que eu sabia sobre aquele assassino, era que ele sempre tinha um motivo para a escolha de seus alvos.

— Srta. Hobbes, eu agradeço seu interesse pessoal no caso, mas essa informação está acima da sua faixa salarial.

Olhei para o diretor.

— Você não me paga. E se o assassino estiver de olho e vocês continuarem insistindo em me manter trancada e fora do alcance dele, as coisas vão piorar. Por que ele não via isso? Por que Briggs não via? Era *óbvio*. O FBI queria me deixar de fora, mas o assassino me queria dentro da situação.

— O que o cartão diz? — perguntou Locke. — A foto é só uma parte da mensagem.

Briggs me olhou, então desviou os olhos para o diretor. Virou o cartão e mostrou para que todos pudéssemos ler.

CASSIE — *NÃO VAI FICAR MELHOR EM VERMELHO?*

Era uma óbvia insinuação. A garota estava viva. Mas não ficaria por muito tempo.

— Quem é ela? — voltei a perguntar.

Briggs se manteve calado. Ele tinha suas prioridades, e manter o emprego era a primeira.

— Genevieve Ridgerton — Locke respondeu, a voz sem a menor entonação. — O pai dela é senador.

*Genevieve.* Então a garota que o UNSUB sequestrou por minha causa, a garota que o UNSUB *machucou* por minha causa tinha nome.

O diretor deu um passo na direção de Locke.

— Essa informação é para ser dada apenas em casos de muita necessidade, agente Locke.

Ela dispensou a objeção dele.

— Cassie tem razão. Genevieve foi levada como uma forma calculada de nos atacar. Nós começamos a proteger Cassie, a impedimos de sair de casa, e essa foi a resposta dele. Nós não estamos mais perto de pegar esse monstro do que estávamos há quatro dias, e, se não dermos a ele um bom motivo para impedi-lo, ele vai matar Genevieve.

Ele mataria Genevieve por minha causa.

ACADEMIA DOS CASOS ARQUIVADOS **195**

— O que você está sugerindo? — o diretor perguntou num tom carregado de advertência, mas Locke respondeu como se fosse uma pergunta sincera.

— Sugiro darmos ao assassino exatamente o que ele quer. Deixamos Cassie entrar no caso. A levamos conosco e fazemos mais uma visita à cena do crime.

— Você acha mesmo que ela vai encontrar alguma coisa que deixamos passar?

Locke me lançou um olhar como se me pedisse desculpa.

— Não, mas acho que se levarmos Cassie para a cena do crime, o assassino pode ir atrás.

— Nós não estamos treinando esses jovens pra serem isca — disse o agente Briggs rispidamente.

O diretor voltou a atenção de Locke para Briggs.

— Você me prometeu a resolução de três casos arquivados até o final do ano — disse ele. — Até agora, seus Naturais só me entregaram uma.

Senti o clima mudar. O agente Briggs não queria correr o risco de que alguma coisa acontecesse a um de seus Naturais. O diretor duvidava de que nossas habilidades valessem o custo do programa, e qualquer objeção que ele tivesse a levar uma garota de dezessete anos para uma cena de crime devia ter sido superada pelo fato de que aquela situação poderia acabar gerando importantes consequências políticas.

Aquele UNSUB não tinha escolhido a filha de um senador por acaso.

— Leva ela com você para o clube, Briggs — resmungou o diretor. — Se alguém perguntar, ela é uma testemunha. — Ele se virou para mim. — Você não precisa fazer isso se não quiser, Cassandra.

Eu sabia disso. Mas também sabia que queria… e não só porque Locke talvez estivesse certa sobre a minha presença ser suficiente para atrair o assassino. Eu não podia ficar de braços cruzados olhando tudo aquilo acontecer.

*Comportamento. Personalidade. Ambiente. Vitimologia.* MO. *Assinatura.*

Eu era uma Natural... e, por mais doentio que fosse, eu tinha uma relação com aquele UNSUB. Se eles me levassem à cena do crime, eu poderia acabar vendo algo que os outros tinham deixado passar.

— Eu vou — falei para o diretor. — Mas vou levar meu próprio reforço.

# Capítulo 31

**O Clube Muse era um estabelecimento** para maiores de idade. Servia-se álcool apenas para clientes com pulseiras indicando serem maiores de 21. Mas, de alguma forma, Genevieve Ridgerton — que não tinha nem dezoito nem 21 anos — estava, segundo o relato de todas as testemunhas, mais do que levemente bêbada quando desapareceu do banheiro do clube três noites antes.

O diretor Sterling, mesmo relutante, havia concordado em permitir que eu levasse dois dos outros Naturais comigo até a cena do crime, e se distanciou o máximo possível de nós. Como resultado, Briggs e Locke me escoltaram até o clube... e decidiram quais dos meus colegas de casa poderiam nos acompanhar.

Sloane estava dando uma volta pela parte interna do clube, procurando portas de entrada e fazendo algum tipo de cálculo envolvendo ocupação máxima, a popularidade da banda que estava tocando no dia, a quantidade de álcool consumido e a fila do banheiro.

Enquanto isso, Dean, Locke e eu refazíamos os últimos passos de Genevieve.

— Dois banheiros unissex. Trincos em cada uma das portas. — Os olhos escuros de Dean observavam a área com uma precisão quase militar.

— Genevieve estava na fila com uma amiga — contou Locke. — A amiga entrou no banheiro A e deixou Genevieve na fila. Quando ela saiu, Genevieve não estava mais. A amiga imaginou que ela estivesse no segundo banheiro e voltou para o bar. Ela nunca mais viu Genevieve.

Pensei na Genevieve que eu tinha visto na foto do UNSUB, na Genevieve com hematomas e sangue seco na cabeça. Mas afastei aquela imagem da cabeça e me obriguei a pensar nos eventos que levaram ao sequestro dela.

— Tudo bem — falei. — Eu sou Genevieve. Estou meio bêbada, talvez mais do que só um pouco. Vou tropeçando pela multidão e fico esperando na fila. Minha amiga entra num banheiro. O outro abre. — Me balancei um pouco, simulando os movimentos que a garota teria feito. — Entro no banheiro. Talvez eu me lembre de fechar o trinco. Talvez não.

Enquanto refletia sobre isso, observei o local: uma privada, uma pia, um espelho quebrado. O espelho estava assim antes de Genevieve ser levada? Ou quebrou enquanto ela era sequestrada? Olhei ao redor, prestando atenção em tudo e tentando ignorar como eram os banheiros dos clubes para maiores de idade. O chão vivia grudento. A privada eu preferia nem olhar, e as paredes, cobertas de pichações.

— Se você esqueceu de fechar o trinco da porta, eu posso ter te seguido.

Levei um momento até perceber que Dean estava falando pela perspectiva do UNSUB. Ele deu um passo na minha direção, fazendo com que aquele espaço apertado parecesse ainda menor. Cambaleei para trás, mas não havia para onde ir.

— Desculpa — disse ele, erguendo as mãos. Personificando Genevieve, senti meus lábios se curvarem em um sorrisinho embriagado. Afinal, aquilo era um clube, e ele até que era bonitinho...

Um segundo depois, Dean tampou minha boca com a mão.

— Eu posso ter te feito inalar clorofórmio.

Me desvencilhei, consciente demais de como meu corpo reagia próximo ao dele.

— Você não fez isso.

— Não — concordou ele, os olhos fixos nos meus. — Não fiz.

Desta vez, Dean passou a mão pela minha cintura e me apoiei nele.

— Talvez eu não esteja só meio bêbada — falei. — Talvez eu esteja mais bêbada do que deveria.

Dean percebeu o que eu estava fazendo.

— Talvez eu tenha colocado alguma coisa na sua bebida.

— A distância da porta do banheiro até a saída mais próxima é de um metro e meio — avisou Sloane, do lado de fora do banheiro. Era óbvio que ela teve bom senso suficiente para não se juntar a nós naquele lugar já apertado e nojento.

A informação fez sentido para a agente Locke.

— Temos uma testemunha que relata que Genevieve entrou nesse banheiro — disse ela. — Mas ninguém se lembra de ter visto quando ela saiu.

Considerando que naquela noite Genevieve provavelmente não era a única bêbada no Clube Muse, isso não me deixou muito surpresa. Era assustador pensar no quanto pode ter sido fácil levar a garota sob efeito de alguma substância para fora do banheiro, depois pelo corredor e finalmente porta afora.

— Nove segundos — disse Sloane. — Mesmo se você levar em conta que Genevieve pudesse estar andando arrastado, a distância entre o banheiro e a saída mais próxima é pequena o suficiente para alguém ter conseguido tirá-la daqui em nove segundos.

*Você escolheu Genevieve. Esperou o momento exato. Tudo de que você precisava era nove segundos.*

Aquele UNSUB era meticuloso. Sistemático.

*Tudo que você faz tem um motivo*, pensei, *e o motivo de você ter sequestrado essa garota sou eu.*

— Pronto, crianças, a brincadeira acabou. — A agente Locke tinha feito um esforço admirável se mesclando no ambiente e nos deixando trabalhar, mas estava na cara que ela tinha hora.

— Se vale de alguma coisa, eu cheguei à mesma conclusão que

vocês. Duas das vítimas anteriores tinham traços de GHB no organismo. O UNSUB provavelmente colocou alguma coisa na bebida de Genevieve e a levou pra saída de emergência sem ninguém perceber.

Só fui notar tarde demais que Dean ainda estava com o braço na minha cintura. Um segundo depois, ele deve ter percebido a mesma coisa, porque se afastou de mim e deu um passo para trás.

— Algum sinal do UNSUB lá fora? — perguntou ele.

Era fácil esquecer que eu não estava ali como perfiladora de verdade. Eu era uma isca, e o FBI estava torcendo para eu levar o assassino na bandeja para eles.

— Agora mesmo tem agentes à paisana vasculhando as ruas — disse a agente Locke —, disfarçados de voluntários, distribuindo folhetos e atrás de pessoas que possam ter informações sobre o desaparecimento de Genevieve.

Dean se encostou na parede.

— Mas o que vocês estão realmente fazendo é uma lista de quem aborda os agentes?

Locke assentiu.

— Isso aí. Estou até transmitindo isso em vídeo pra Michael e Lia na casa, pra eles poderem analisar todos que se aproximam.

Pelo visto, Locke não estava acima de se aproveitar da autorização do diretor para envolver Naturais no caso.

Ela afastou uma mecha de cabelo do rosto.

— Cassie, precisamos que você apareça mais um pouco lá fora. Se desse, eu te mandaria distribuir folhetos, mas também não estou disposta a forçar tanto a barra com Briggs.

Tentei me colocar no lugar do UNSUB. Ele queria que eu saísse de casa; eu tinha saído de casa. Queria que eu me envolvesse no caso; eu estava bem no meio da cena do crime.

— Já viu tudo que precisava ver aqui? — perguntou a agente Locke.

Olhei para Dean, que ainda estava mantendo distância de mim.

*Você me queria envolvida no caso.*

*Tudo que você faz tem um motivo.*

*O motivo de você ter sequestrado essa garota sou eu.*

— Não.

Não entrei em detalhes com a agente Locke. Nem tinha o que explicar. Mas, lá no fundo, eu sabia que ainda não podíamos ir embora. Se aquilo era parte do plano do UNSUB, se o UNSUB queria que eu fosse lá...

— Estamos deixando passar alguma coisa.

Alguma coisa que o UNSUB estava na expectativa de que eu visse. Uma coisa que eu precisava encontrar, que provavelmente teria um significado para mim.

Olhei ao redor novamente, dessa vez mais devagar. Olhei embaixo da pia. Passei os dedos com cuidado nas bordas do espelho quebrado.

Nada.

Dei uma olhada meticulosa nas pichações nas paredes. Iniciais e corações, palavrões e xingamentos, rabiscos, letras de música...

— Ali. — Uma única linha chamou minha atenção. De primeira, nem cheguei a ler as palavras. Só vi as letras: não exatamente cursivas, não exatamente de forma, aquela mesma caligrafia hiperestilizada dos cartões que acompanharam as duas caixas pretas.

SE QUISER SE DIVERTIR

A frase parava aí. Comecei a passar o dedo freneticamente pela parede, atrás de mais trechos, vendo se encontrava mais uma vez aquela caligrafia.

LIGUE PARA 567-3524. GARANTIDO

Um número de telefone. Meu coração deu um pulo, mas me obriguei a continuar: comecei a olhar aquelas paredes do banheiro de cima a baixo, correndo atrás de outra linha.

Outra pista.

Fui encontrar perto do espelho.

MAIS UM. KRONT E HOLANDA.

*Kront e Holanda?* Quanto mais eu lia, mais a mensagem do UNSUB soava absurda.

— Cassie? — A agente Locke pigarreou, mas ignorei. Tinha que ter mais alguma coisa. Comecei do alto e li mais uma vez tudo que estava escrito. Quando tive certeza de que não havia mais nada, saí do banheiro para respirar. Naquele momento, Locke, Dean e Sloane estavam junto do agente Briggs.

— Precisamos que você apareça de novo lá fora, Cassie — disse o agente Briggs, nitidamente considerando aquilo uma ordem.

— O UNSUB não está aqui — falei.

O FBI achava que, ao me levar à cena do crime, estariam montando uma armadilha para o meu assassino, mas eles estavam enganados. Era o UNSUB quem estava montando uma armadilha para nós.

— Preciso de uma caneta — falei.

Briggs me deu uma segundos depois.

— Papel?

Ele pegou um caderno no bolso da lapela e me entregou.

— O UNSUB nos deixou uma mensagem — falei, mas o que queria mesmo dizer era que ele tinha deixado uma mensagem pra *mim.*

Rabisquei as palavras no papel e entreguei a Briggs.

— *Se quiser se divertir, ligue para 567-3524. Garantido mais um. Kront e Holanda.* — Briggs ergueu os olhos do papel e me encarou. — Tem certeza de que foi o UNSUB quem escreveu isso?

— Bate com os cartões — falei. O jeito como o assassino havia escrito meu nome ficou marcado na minha cabeça. — Eu tenho certeza.

Para eles, os cartões eram provas. Mas, para mim, se tratavam de algo pessoal. Peguei meu celular sem nem pensar duas vezes.

— O que você vai fazer? — perguntou Dean.

Pressionei os lábios até formarem uma linha firme.

— Vou ligar para o número.

Ninguém me impediu.

— *Desculpe, o número para o qual você ligou está desativado. Por favor, tente de novo mais tarde.*

— Não tem código de área — disse Sloane. — Estamos pensando em Washington? Virgínia? Maryland? São onze códigos de área possíveis num raio de 160 quilômetros.

— Starmans. — Imediatamente o agente Briggs ligou para alguém. — Vou te ditar um número de telefone. Preciso que tente ligar usando todos os códigos de área a uma distância de três horas de carro de onde estamos.

— Posso ver seu telefone, Cassie? — pediu Sloane, me distraindo da conversa de Briggs. Sem saber por que ela o queria, entreguei o aparelho a ela, que ficou por um minuto o observando enquanto os lábios se moviam rapidamente, apesar de não deixarem escapar nenhum som. Até que finalmente ergueu o rosto. — Não é um número de telefone, ou pelo menos não um número para o qual devemos ligar.

Fiquei esperando Sloane explicar melhor. E a explicação veio.

— O número é 567-3524. Em um número de telefone, cinco, seis, três, dois e quatro correspondem a três letras no teclado. Sete é um número com quatro letras: *P, Q, R* e *S*. São 2.916 combinações de sete letras possíveis pra 567-3524.

Me perguntei quanto tempo Sloane levaria para percorrer as 2.916 possíveis combinações.

— *Lorelai.*

— Quê? — Ouvir o nome da minha mãe foi como um balde de gelo na cara.

— 567-3524 é o número de telefone que corresponde à palavra *Lorelai*. Também forma *lose-lag, lop-flag* e *jose-jag*, mas a única possibilidade de sete letras de uma palavra só...

— É *Lorelai* — concluí a frase de Sloane e traduzi a mensagem com esse significado.

*Se quiser se divertir, ligue para Lorelai. Garantido mais um. Kront e Holanda.*

— Mais um — Dean leu por cima do meu ombro. — Acha que o UNSUB está tentando nos dizer que estamos com mais uma vítima nas mãos?

*Se quiser se divertir, ligue para Lorelai.*

Naquele momento, sim, eu tinha a prova irrefutável de que aquele caso estava relacionado com o da minha mãe. Era por isso que o UNSUB queria que eu fosse lá. Ele tinha deixado o recado completo para mim, dizendo ainda "garantido mais um". Era alguém que o UNSUB tinha atacado antes? Alguém que planejava atacar?

Eu não sabia dizer. A única coisa que sabia era que, se não solucionasse aquilo, se *nós* não solucionássemos aquilo, mais alguém morreria.

*Genevieve Ridgerton. Mais um. Quantas pessoas você vai matar por minha causa?*, perguntei silenciosamente.

Não houve resposta, só a sensação de que tudo estava acontecendo exatamente como o UNSUB queria. Todas as minhas descobertas tinham sido ensaiadas. Eu estava interpretando um papel.

Sem conseguir me conter, voltei minha atenção para a última linha da mensagem.

*Kront e Holanda.*

— Uma referência? — perguntou Dean, acompanhando exatamente o que estava passando pela minha cabeça. — Holanda. O país. Kront. Uma cidade de lá?

**ACADEMIA DOS CASOS ARQUIVADOS 205**

— Ou um anagrama? — Sloane perguntou, com aquela expressão distante no olhar, a mesma do dia em que a conheci, ajoelhada em um monte de vidro. — Ankh onto lard. Hot nodal nark. Land rand hook. Oak land north.

— North Oakland — disse Dean. — Fica em Arlington.

*Se quiser se divertir, ligue para Lorelai. Garantido mais um. North Oakland.*

— Precisamos de uma lista de todos os prédios em North Oakland — falei, meu corpo vibrando com a súbita descarga de adrenalina.

— O que estamos procurando? — perguntou Briggs.

Eu não tinha resposta. Talvez um armazém ou um prédio abandonado. Tentei me concentrar, mas não conseguia tirar da cabeça o som do nome da minha mãe, e de repente percebi que, se aquele assassino me conhecesse tão bem quanto ele achava que conhecia, havia outra possibilidade.

*Se quiser se divertir, ligue para Lorelai.*

O camarim. O sangue. Engoli em seco.

— Não tenho certeza — falei. — Mas acho que talvez estejamos procurando um teatro.

# Capítulo 32

— **Temos um corpo num teatro** pequeno e independente em Arlington. — Os dedos do agente Briggs se curvaram enquanto dava a notícia, mas ele conseguiu frear o impulso de fechar as mãos em punhos. — Não é Genevieve Ridgerton.

Eu não sabia se ficava aliviada ou perturbada. Em algum lugar, Genevieve, de quinze anos, talvez ainda estivesse viva. Mas, naquele momento, estávamos lidando com o corpo número oito. O "mais um" do nosso UNSUB.

— Starmans, Vance, Brooks: quero que vocês levem os jovens de volta pra casa. Um de vocês fica na porta da frente, um na dos fundos e um com Cassie o tempo todo — disse o agente Briggs, depois se virou e saiu do clube, um sinal de que ele estava tão confiante de que seguiríamos suas ordens que nem precisou ficar para ver se seriam cumpridas.

Eu não precisava de Lia ou Michael lá para me dizer que toda aquela confiança não passava de fingimento.

— Vou com você — falei, indo atrás dele. — A mesma lógica que fez com que você me trouxesse aqui também se aplica a Arlington. O UNSUB transformou isso numa caça ao tesouro. Ele quer que eu vá até o fim.

— Eu não ligo para o que ele quer — Briggs me cortou. — O que eu quero é manter você em segurança.

Ele falava num tom intransigente e carregado de advertência, mas não consegui deixar de perguntar:

— Por quê? Porque eu sou *valiosa*? Porque Naturais funcionam muito bem como um time e você odiaria perder isso?

O agente Briggs reduziu o espaço entre nós, aproximando o rosto do meu.

— Você tem uma visão tão negativa assim de mim? — perguntou, baixinho. — Eu sou ambicioso. Sou motivado. Sou obstinado, mas você acha mesmo que eu voluntariamente te colocaria em perigo?

Me lembrei de quando nos conhecemos. Da caneta sem tampa. Do fato dele preferir basquete em vez de golfe.

— Não — falei. — Mas nós dois sabemos muito bem que esse caso está acabando com você. Está acabando com Locke, e agora tem uma filha de senador envolvida. Se não fosse por mim, você não teria mandado alguém dar uma olhada naquele teatro. Só descobriríamos o corpo horas, talvez dias depois... e quem sabe o que nosso UNSUB teria feito com Genevieve até lá? Se você não quiser mais me usar como isca, tudo bem. Mas você precisa me levar junto. Precisa levar nós três junto, porque pode ser que a gente veja algo que você está deixando passar.

Esse era o motivo para Briggs ter fundado aquele programa. O motivo para ter ido atrás de Dean quando ele tinha doze anos. Mesmo fazendo aquele trabalho havia muito tempo e tendo todo o treinamento do mundo, aqueles agentes nunca teriam instintos tão apurados quanto os nossos.

— Deixa ela ir. — Locke tocou o braço de Briggs e, pela primeira vez, fiquei me perguntando se havia algo entre eles além de trabalho. — Se Cassie tem idade pra bancar a isca, também tem idade pra aprender com a experiência. — Locke olhou para mim... para Sloane e para Dean. — Todos eles têm.

Quarenta e cinco minutos depois, paramos na rua North Oakland, número 4587. A polícia local já estava lá, mas, por insistência do FBI, não tinha tocado em nada. Dean, Sloane e eu ficamos esperando no carro com os agentes Starmans e Vance até a polícia local ir embora, depois nos levaram até o terceiro andar. Para o único camarim daquele teatrinho. Fui até a metade do corredor, mas o agente Briggs saiu do cômodo e bloqueou minha entrada.

— Você não precisa ver isso, Cassie — disse ele.

Eu conseguia sentir o cheiro: ainda não de podre, mas de cobre. Ferrugem com um toque de algo deteriorado. Passei por Briggs, e ele não contestou.

O cômodo era retangular. Havia sangue no interruptor, uma poça de sangue perto da porta. Todo o lado esquerdo do camarim era coberto de espelhos, como um estúdio de dança.

Como o camarim da minha mãe.

De repente senti as extremidades do meu corpo ficarem pesadas. Meus lábios ficaram dormentes. Não consegui respirar, e, do nada, voltei direto...

*A porta está entreaberta. Eu a abro. Sinto uma coisa molhada e grudenta sob meus pés, e o cheiro...*

*Tateio em busca do interruptor. Meus dedos tocam algo quente e pegajoso na parede. Começo a procurar freneticamente pelo interruptor...*

Não acende. Não acende. Não acende.

*Eu acendo.*

*Estou de pé sobre um monte de sangue — espirrado nas paredes, manchando as minhas mãos. Tem um abajur quebrado jogado no piso de madeira. Uma mesa virada e um risco irregular no assoalho.*

*Um risco da faca.*

O que me obrigou a parar de reviver aquela lembrança foi um aperto nos ombros. Mãos. As mãos de Dean, percebi. Ele aproximou bem o rosto do meu.

— Mantenha o controle — disse ele, a voz firme e acolhedora. — Cada vez que você volta lá, cada vez que vê... não passa de sangue, de uma cena de crime, de um corpo. — Ele abaixou as mãos. — Só isso, Cassie. É tudo o que você deve permitir que isso seja.

Fiquei me perguntando que lembranças ele sempre revivia. Me perguntava sobre os corpos e o sangue. Mas naquele momento só fiquei feliz por ele estar ali, por eu não estar sozinha. Segui seu conselho. Me forcei a encarar o espelho sujo de sangue. Dava para ver marcas de mão, de dedos, como se a vítima tivesse usado o espelho para se apoiar e se levantar do chão quando já estava fraca demais para conseguir andar.

— A hora da morte foi tarde da noite de ontem — disse Briggs. — Vamos chamar a perícia pra ver se encontram alguma digital além das da vítima no espelho.

— Aquele sangue não é dela.

Desviei o olhar para Sloane e percebi que ela estava ajoelhada ao lado do corpo. Foi só então que, pela primeira vez, olhei para a vítima. Tinha o cabelo ruivo. Era nítido que havia sido repetidamente esfaqueada.

— O legista vai te dizer isso — continuou Sloane. — Esta mulher tem 1,5 metro de altura e cerca de cinquenta quilos. Considerando o tamanho dela, estamos diante de uma morte por exsanguinação, com perda de três quartos de sangue, talvez menos. Está usando calça jeans e uma blusa de casimira. A casimira, assim como outros tipos de lã, consegue absorver até 30% de seu peso em umidade sem nem ficar com o aspecto de molhado. Como as feridas mais profundas estão concentradas na área da barriga e do peito e suas roupas eram justas, o sangue deve ter empapado todo o tecido antes de começar a escorrer pelo chão.

Olhei para as roupas da mulher. Realmente, estavam encharcadas de sangue.

— Quando as roupas dela estavam ensopadas o suficiente pra deixar uma poça daquele tamanho no chão — Sloane fez um gesto em direção à porta —, nossa vítima não estava mais consciente pra conseguir enfrentar o agressor, muito menos fazê-lo correr atrás dela pelo camarim. É uma mulher bem pequena, não tem sangue suficiente, o tecido das roupas não deixa o líquido vazar tão rápido. Os números não batem.

— Ela tem razão. — O agente Briggs se levantou depois de examinar o chão. — Tem uma marca de faca no chão logo ali. Se tivesse sido feita com uma faca ensanguentada, teria sangue dentro do risco, mas não tem, o que quer dizer que o UNSUB errou a primeira tentativa de esfaquear a mulher... mas não parece muito provável, considerando o tamanho dela e o fato de que ele estaria contando com o fator surpresa. Ou então o UNSUB deliberadamente fez essas marcas com uma faca limpa.

Me coloquei no lugar da vítima. Era vinte ou 22 centímetros mais baixa do que a minha mãe, que tinha 1,72 metro, mas isso não significava que ela não teria tentado enfrentar o cara. Só que se o UNSUB tivesse ido atrás dela do mesmo jeito, quais eram as chances de a cena do crime acabar ficando tão parecida com o camarim da minha mãe? Os espelhos na parede, o sangue espalhado no interruptor, o líquido escuro empoçado junto à porta.

Alguma coisa não estava encaixando.

— Ela é canhota.

Me virei para olhar para Dean, e ele continuou:

— A vítima está usando o relógio no pulso direito, e o esmalte está mais lascado na mão esquerda do que na direita — disse ele. — Sua mãe era canhota, Cassie?

Fiz que não, e foi aí que entendi seu raciocínio.

— Elas não reagiriam a um agressor da mesma forma — falei.

Dean assentiu brevemente, concordando.

— Esperaríamos, no mínimo, respingos nesta parede. — Ele indicou a parede em frente aos espelhos. Estava limpa.

— O UNSUB não a matou aqui. — Locke foi a primeira que falou em voz alta. — Não tem sangue empoçado em volta do corpo. Ela foi morta em outro lugar.

*Você a matou. Você a trouxe aqui. Depois pintou o camarim de sangue.*

— Se quiser se divertir, ligue para Lorelai — murmurei.

— Cassie? — A agente Locke arqueou uma sobrancelha para mim, e respondi à pergunta silenciosa.

— Ela não passa de um objeto de decoração — falei, olhando para a mulher, desejando saber seu nome, desejando ainda poder identificar as características de seu rosto. — Isto aqui é um cenário. Essa coisa toda foi criada pra lembrar o assassinato da minha mãe. Por isso é exatamente igual. — Senti um nó apertado no estômago.

— Certo — disse a agente Locke. — Eu sou o assassino. Sou obcecado por você e pela sua mãe. Talvez eu tenha a matado primeiro, mas agora o ponto central aqui não é a sua mãe.

— É você. — Dean continuou de onde Locke tinha parado.

— Eu não estou tentando reviver a morte dela. Estou tentando te forçar a reviver o momento em que a encontrou.

O UNSUB me queria ali. Os presentes, a mensagem codificada e depois aquilo: um corpo jogado em uma cena de crime extremamente parecida com a da minha mãe.

— Briggs. — Um dos agentes da equipe de Briggs, Starmans, colocou a cabeça para dentro do camarim. — O legista e a perícia estão aqui. Quer que eu dê uma enrolada neles?

Briggs olhou para Dean, para mim e para Sloane, ainda ajoelhada ao lado do corpo. Tínhamos tomado o cuidado de não tocar em nada nem alterar a cena do crime, mas envolver três adolescentes em uma investigação de assassinato não era exatamente um segredo. Briggs, Locke e a equipe obviamente sabiam sobre nós, mas eu não estava convencida de que o resto do FBI sabia, e Briggs confirmou meu palpite quando olhou de Starmans para Locke.

— Tira eles daqui, Starmans — disse Briggs. — Quero você, Brooks e Vance se revezando na proteção da Cassie. O diretor Sterling ofereceu alguns dos melhores funcionários dele pra vigilância. Eles estarão do lado de fora da casa e vão ficar de olho, mas quero um de vocês com Cassie o tempo todo, e digam a Judd que a prisão domiciliar ainda está valendo. Ninguém sai de casa enquanto esse assassino não for pego. Não entrei em um bate-boca para discutir as ordens dele. Não argumentei para continuar ali atrás de pistas. Não havia pista nenhuma. Aquilo nunca se tratou de eu descobrir a identidade do assassino. Foi sempre, sempre o UNSUB fazendo um joguinho comigo, me forçando a reviver o pior dia da minha vida.

Sloane passou o braço pela minha cintura.

— Existem quatorze tipos de abraço — disse ela. — Este é um deles.

Locke botou a mão no meu ombro e nos guiou para fora do teatro, com Dean vindo logo atrás.

*É um jogo.* Ouvi a voz de Dean ecoando pela minha memória. *Sempre é um jogo.* Foi o que ele disse a Michael, e, na hora, eu concordei. Para o assassino, aquilo não passava de um jogo... e, de repente, não pude deixar de pensar que, daquela vez, talvez os mocinhos não vencessem.

Nós podíamos perder.

*Eu* podia perder.

# Capítulo 33

**Só pude entrar na casa** quando Judd e os agentes selecionados para cuidar da minha segurança tinham revistado tudo, e mesmo assim o agente Starmans me acompanhou até o meu quarto.

— Você está bem? — perguntou ele, me olhando de lado.

— Estou, sim — respondi.

Foi uma resposta automática, aperfeiçoada ao redor da mesa nos jantares de domingo à noite. Eu era uma sobrevivente. Não importava o que a vida jogasse na minha direção, eu sempre escapava ilesa, e o resto do mundo pensava que eu estava ótima. Havia tanto tempo que eu estava fingindo que, até as últimas semanas, com Michael, Dean, Lia e Sloane, eu havia me esquecido de como era ser uma pessoa real.

— Você é durona — disse o agente Starmans.

Eu não estava no clima para conversar; mais que isso, não estava no clima de receber tapinhas metafóricos no ombro. Eu só queria ficar em paz e refletir, me recuperar.

— E você é divorciado — respondi. — Se separou em algum momento nos últimos quatro, talvez cinco anos. É tempo o bastante para ter seguido em frente.

Normalmente tenho como regra pessoal não usar coisas que deduzo sobre as pessoas como arma contra elas, mas eu precisava de espaço. Precisava *respirar*. Me levantei e fui até a janela, e o agente Starmans pigarreou.

— O que você acha que o UNSUB vai fazer? — perguntei, exausta. — Me acertar com um tiro de sniper?

Mas aquele assassino não era disso. Ele ia querer fazer as coisas de perto, pessoalmente. Não era preciso ser uma perfiladora Natural para chegar a essa conclusão.

— Por que você não dá um tempo pro coitado do agente, Colorado? Tenho quase certeza de que fazer homem feito chorar é a especialidade da Lia, não sua. — Michael nem se deu ao trabalho de bater antes de entrar no quarto e abrir seu sorriso mais simpático para o agente Starmans.

— Não estou fazendo ninguém chorar — falei, sem paciência.

Michael voltou o olhar para mim.

— Por baixo dessa expressão de "irritada porque não me deixam sozinha e mais irritada ainda porque estou com medo de ficar sozinha", detecto um leve traço de culpa, o que sugere que você *disse, sim,* alguma coisa que foi um golpe baixo, e agora está se sentindo um pouquinho constrangida por ter usado seus poderes para o mal, e *ele* — Michael indicou o agente Starmans com um movimento de cabeça — está fazendo o possível pra não fazer beicinho e contrair as sobrancelhas. Não preciso te dizer o que isso significa, né?

— Não diga, por favor — murmurou o agente Starmans.

— É lógico que tem também a postura dele, que sugere algum nível de frustração sexual...

O agente Starmans deu um passo à frente. Era bem mais alto do que Michael, que só continuou sorrindo, sem se deixar abalar.

— Sem querer ofender.

— Vou ficar no corredor — disse o agente Starmans. — Deixem a porta aberta.

Ainda demorei um pouco após o agente ter saído para me tocar de que Michael o tinha colocado na berlinda de propósito.

— Você estava mesmo analisando a postura dele? — sussurrei.

Michael colocou a cabeça ao lado da minha com um sorrisinho deliciosamente malicioso no rosto.

— Ao contrário de você, eu não tenho problema nenhum em usar minha habilidade pra motivos nefastos. — Ele ergueu a mão, passando o polegar no meu lábio e na minha bochecha. — Tem uma sujeirinha no seu rosto.

— Mentiroso.

Então ele passou o polegar na minha outra bochecha.

— Eu nunca minto sobre o rosto de uma garota bonita. O seu está tão tenso que preciso perguntar: devo me preocupar com você?

— Estou bem — falei.

— Mentirosa — sussurrou Michael.

Por um segundo, quase consegui me esquecer de tudo que tinha acontecido naquele dia: Genevieve Ridgerton, a mensagem codificada na parede do banheiro, o UNSUB assassinando mais uma mulher e usando o corpo dela como decoração para reencenar a morte da minha mãe, o fato de que tudo que o assassino fazia era calculado para me manipular.

— Você está fazendo de novo — disse Michael, passando os dedos médio e indicador de cada mão pelo contorno da minha mandíbula.

No corredor, o agente Starmans deu um passo para trás. Depois outro, até estar quase fora do campo de visão.

— Você está me tocando só pra deixá-lo sem graça? — perguntei a Michael, mantendo a voz baixa para o agente não ouvir.

— Não *só* pra deixá-lo sem graça.

Meus lábios se contraíram. Até a possibilidade de um sorriso pareceu estranha no meu rosto.

— Agora — disse Michael — você vai me contar o que aconteceu hoje ou vou ter que arrancar do Dean?

Olhei para ele desconfiada. Michael consertou o que disse.

— Você vai me contar o que aconteceu hoje ou vou ter que pedir pra Lia arrancar do Dean?

Conhecendo Lia, ela provavelmente já tinha conseguido arrancar pelo menos metade da história de Dean... e, sortuda que eu era, ainda chegaria a Michael com alguns acréscimos. Era melhor ele ouvir de mim, então comecei do começo: o Clube Muse, a mensagem na parede do banheiro... só parei depois que contei a ele sobre a cena de crime em Arlington e a semelhança com a da minha mãe.

— Você acha que essa similaridade foi intencional — disse Michael.

Fiz que sim. Michael não me pediu para elaborar, e foi então que percebi o quanto da nossa conversa aconteceu em silêncio, com ele analisando minha expressão e eu sabendo exatamente como ele reagiria.

— Minha teoria é que o UNSUB arquitetou tudo isso pra mim — falei, finalmente. — Não era para o UNSUB reviver o crime. Era para *me* obrigar a revivê-lo.

Michael me encarou.

— Repete a segunda frase.

— Não era para o UNSUB reviver o crime — repeti.

— Aí — disse Michael. — Sempre que você diz *reviver o crime*, você inclina um pouco a cabeça pra direita. Como se estivesse balançando a cabeça, ficando com vergonha ou... *alguma coisa.*

Abri a boca para dizer que ele estava enganado, que estava vendo coisa demais naquela única frase, mas não consegui formar as palavras, porque ele tinha razão. Eu não sabia por que sentia que estava deixando alguma coisa passar, mas a sensação não morria. Se Michael tinha percebido esse sinal na expressão do meu rosto...

Talvez meu corpo soubesse de algo que nem eu tinha percebido.

— Não era para o UNSUB reviver o crime — falei mais uma vez.

Era verdade. Eu sabia que era. Mas agora que Michael tinha feito essa observação, eu sentia meus instintos nitidamente me dizendo que não era toda a verdade.

**ACADEMIA DOS CASOS ARQUIVADOS 217**

— Estou deixando alguma coisa passar. — O horror da cena do crime tinha sido familiar. Quase familiar demais. Que tipo de assassino se lembrava tão bem dos detalhes de uma cena de crime? O sangue espalhado manchando os espelhos e o interruptor, as marcas de faca no chão...

— Me diz o que você está pensando. — As palavras de Michael invadiram meus pensamentos. Me concentrei em seus olhos cor de mel. Percebi, de soslaio, uma sombra na porta. Era o agente Starmans. Será que nos ouviu? Estava *tentando* nos ouvir?

Michael segurou meu pescoço. E me puxou para perto. Quando o agente Starmans nos olhou, só viu Michael e eu.

Nos beijando.

O beijo na piscina não foi nada comparado àquilo. Daquela outra vez, nossos lábios mal encostaram um no outro. Mas, naquele momento, meus lábios estavam se abrindo. Nossas bocas estavam pressionadas uma contra a outra. A mão dele foi do meu pescoço até minha lombar. Meus lábios começaram a formigar, e me envolvi ainda mais no beijo, me mexendo até conseguir sentir o calor dele nos braços, no peito, na barriga.

De alguma maneira, eu estava ciente de que o agente Starmans tinha se afastado no corredor e me deixado a sós com Michael. De alguma maneira, eu estava ciente de que aquela não era hora para beijos, para o turbilhão de sentimentos que tomava conta de mim quando olhava para Michael, para o som de outra pessoa se aproximando no corredor.

Meus dedos se curvaram em garras, e agarrei a camiseta e o cabelo dele. Só então finalmente percebi o que estava fazendo. O que nós dois estávamos fazendo.

Recuei, hesitante. Michael tirou as mãos das minhas costas. Estava com um sorrisinho estampado no rosto, uma expressão de deleite nos olhos. Aquele era o Michael sem nenhuma camada. Éramos Michael e eu... e Dean parado na porta.

— Dean.

Me obriguei a não chegar para trás, a não me afastar de Michael de nenhuma forma. Não faria isso com ele. O beijo até podia ter começado como uma distração, ele podia ter se aproveitado do momento, mas eu tinha retribuído, e não ia dar as costas e fazer com que ele se sentisse um nada só porque Dean estava parado na porta e também rolava algo entre mim e ele.

Michael nunca chegou a esconder que estava a fim de mim. Por outro lado, tudo que Dean fazia era se esforçar para ir contra qualquer atração que sentia.

— A gente precisa conversar — disse Dean.

— O que você tiver pra dizer — respondeu Michael —, pode dizer na minha frente.

Olhei feio para ele.

— O que você tiver pra dizer, pode dizer na minha frente, a não ser que Cassie queira falar com você em particular, nesse caso eu respeito completamente o direito dela de fazer isso — Michael se corrigiu.

— Não — disse Dean. — Fica. Tranquilo.

Ele não parecia tranquilo. E, se eu conseguia perceber isso, não queria nem saber o quanto era fácil para Michael notar o que Dean estava sentindo.

— Trouxe isso aqui pra você — disse Dean, me estendendo um arquivo. Primeiro achei que fosse o caso do nosso UNSUB, até que vi a etiqueta. LORELAI HOBBES.

— É o arquivo da minha mãe?

— Locke me deu uma cópia escondido — disse Dean. — Ela achou que talvez tivesse alguma coisa aí, e tinha razão. O ataque a sua mãe foi mal planejado. Foi cheio de emoção. Bagunçado. E o que vimos hoje...

— Não foi nada disso — concluí. Dean tinha acabado de pôr em palavras o sentimento que eu estava prestes a explicar para Michael. Um assassino podia crescer e mudar, o MO podia se desenvolver, mas as emoções, a raiva, a empolgação... esse tipo de coisa não passava. Quem quer que tenha atacado a minha mãe estaria com adrenalina demais para conseguir memorizar os detalhes da cena.

O responsável pelo sangue no camarim da minha mãe cinco anos antes não conseguiria reencenar o assassinato dela naquele momento de um jeito tão frio.

*O ponto não é reviver o crime.*

— Mesmo que eu esteja evoluindo — disse Dean —, mesmo que tenha ficado bom no que faço... ver você, Cassie, ver sua mãe *em* você me deixaria em êxtase. — Dean tirou da pasta uma foto da cena do crime da minha mãe. Depois colocou ao lado de uma segunda foto, da cena atual. Quando encarei aquelas fotos lado a lado, aceitei o que meus instintos estavam me dizendo, o que Dean estava me dizendo.

*Se foi você quem matou a minha mãe*, falei para o UNSUB, *se todas as mulheres que você matou depois são um jeito de reviver aquele momento, será que a morte dela não teria algum significado pra você? Como você conseguiria encenar uma cena daquela e não perder o controle?*

O UNSUB responsável pelo cadáver que eu tinha visto naquele dia era meticuloso. Sistemático. Do tipo que precisava estar no controle e tinha sempre um plano em mente.

A pessoa que matou a minha mãe não era nada disso.

*Como isso é possível?*, questionei.

— Dá uma olhada nos interruptores.

Eu me virei. Sloane estava bem atrás de mim, olhando as fotos. Lia chegou um momento depois.

— Dei um jeitinho no agente Starmans — disse ela. — De alguma maneira ele acabou desenvolvendo a impressão de que precisam urgentemente dele na cozinha. — Dean olhou para ela, irritado. — Que foi? Achei que Cassie pudesse querer um pouco de privacidade.

Eu não achava que cinco pessoas pudesse ser considerado "privacidade", mas estava presa demais ao que Sloane tinha dito para me dar ao trabalho de me incomodar com Lia.

— Por que estou olhando para os interruptores?

— Tem uma única mancha de sangue no interruptor e no espelho, nas duas fotos — disse Sloane. — Mas nessa aqui — ela indicou a foto da cena atual — o sangue está em cima do interruptor. E nessa, embaixo.

— Cadê a tradução para aqueles que não passam horas trabalhando em simulações no porão? — perguntou Lia.

— Numa das fotos, o interruptor foi manchado com sangue quando alguém com mãos ensanguentadas apagou a luz — disse Sloane. — Mas, na outra, isso aconteceu quando a luz foi acesa.

*Meus dedos tocam em algo quente e grudento na parede. Começo a procurar freneticamente o interruptor. Meus dedos esbarram nele. Não ligo de estarem cobertos de um líquido quente.*

*Eu preciso da luz acesa.*

— Eu acendi a luz — falei. — Quando voltei para o camarim da minha mãe... tinha sangue nas minhas mãos quando acendi a luz.

Mas se só havia uma mancha de sangue e aquela mancha era da *minha* mão...

O assassino da minha mãe não teria como saber dessa mancha. As únicas pessoas que ficaram sabendo do sangue no interruptor foram as que viram a cena do crime *depois* que eu tinha voltado ao camarim. Depois que acendi a luz. Depois que acabei sujando sem querer o interruptor de sangue.

Mesmo assim, nosso UNSUB, que tinha recriado meticulosamente a cena do crime da minha mãe, incluiu esse detalhe.

*Você não estava revivendo o assassinato*, pensei, finalmente me permitindo dar vida às palavras, *porque não foi você quem matou minha mãe.*

Mas quem mais aquele UNSUB, que estava inquestionavelmente obcecado pela minha mãe, podia ser? Minha mente começou a disparar pelos acontecimentos daquele dia.

O presente enviado para mim, mas endereçado para Sloane.

Genevieve Ridgerton.

A mensagem na parede do banheiro.

O teatro em Arlington.

Cada detalhe tinha sido planejado. Aquele assassino sabia exatamente o que eu faria a cada passo do caminho... mas não só eu. Ele sabia o que *todos* nós faríamos. Ele sabia que enviar o pacote para Sloane era a melhor maneira de fazê-lo chegar a mim. Sabia que Briggs e Locke acabariam cedendo e me levariam à cena do crime. Sabia que eu encontraria a mensagem e que outra pessoa a decodificaria. Sabia que encontraríamos o teatro em Arlington, que os agentes me deixariam ver a cena do crime.

— O código — falei em voz alta, atraindo a atenção dos outros. — O UNSUB me deixou uma mensagem, mas eu não teria conseguido decodificá-la. Não sozinha. — Se o UNSUB estava tão determinado assim a me forçar a reviver o assassinato da minha mãe, por que deixar uma mensagem que talvez eu não entendesse?

O UNSUB sabia que Sloane estaria lá? Ele estava esperando que ela decodificasse a mensagem? Sabia o que ela era capaz de fazer? E, se sabia...

*Você conhece o caso da minha mãe. E se também souber do programa?*

— Lia, o batom. — Tentei manter a voz firme, sem deixar transparecer o pânico que eu estava sentindo. — Aquele batom Rosa Vermelha... onde você conseguiu?

Dias antes, tinha parecido só uma coisa à toa: uma ironiazinha cruel, mas nada além disso. Já naquele momento...

— Lia?

— Já te disse — disse Lia. — Eu comprei.

Não reconheci a mentira da primeira vez.

— *Onde você conseguiu, Lia?*

Lia abriu a boca para rebater, mas voltou a fechá-la. E ficou me encarando.

— Foi um presente — admitiu, baixinho. — Não sei de quem. Deixaram uma sacola de maquiagem na minha cama semana passada. Achei que fosse um mimo de uma fada da maquiagem. — Ela fez uma pausa. — Sinceramente, achei que pudesse ser da Sloane.

— Faz meses que eu não roubo maquiagem — Sloane disse, os olhos arregalados. Senti meu estômago revirar.

Havia uma chance de o UNSUB saber do programa.

As únicas pessoas que poderiam reconstruir a cena do assassinato da minha mãe de um jeito tão preciso, as únicas que sabiam sobre o sangue no interruptor, eram as que tinham acesso às fotos da cena do crime.

E alguém tinha deixado o batom favorito da minha mãe na cama da Lia.

*Dentro da nossa casa.*

# Capítulo 34

— **Cassie?** — Lia foi a primeira a quebrar o silêncio. — Você está bem? Você... não parece bem.

Eu me arriscaria a dizer que aquele era o máximo de gentileza que Lia conseguia expressar.

— Preciso ligar para o agente Briggs — falei, e fiz uma pausa. — Não tenho o número dele.

Dean tirou o celular do bolso.

— Só tenho quatro números nos meus contatos — disse ele. — Um deles é do Briggs.

Os outros três eram Locke, Lia e Judd. Com as mãos tremendo, liguei para o agente Briggs.

Ele não atendeu.

Então liguei para Locke.

*Por favor, atende. Por favor, atende. Por favor, por favor, atende.*

— Dean?

Assim como o agente Briggs, Locke não perdeu tempo dizendo oi.

— Não — falei. — Sou eu.

— Cassie? Está tudo bem?

— Não — falei. — Não está.

— Você está sozinha?

— Não.

Locke deve ter percebido alguma coisa na minha voz, porque em um piscar de olhos ela entrou no modo agente.

— Você pode falar abertamente?

Ouvi passos no corredor. O agente Starmans abriu a porta sem bater, olhou de cara feia para Lia e voltou a montar guarda bem do lado de fora.

— Cassie — disse Locke, severa. — Você pode falar?

— Não sei.

Eu não sabia de nada além do fato de que havia uma possibilidade muito real de o assassino ter estado dentro da nossa casa. Até onde eu sabia, o assassino podia estar dentro da casa naquele exato momento. Se o UNSUB tinha acesso aos arquivos do FBI, se tinha acesso a nós...

— Cassie, preciso que você me escute. Desliga o telefone. Diz pra quem está perto de você que estou ocupada com uma coisa e que passo aí na casa assim que terminar. Pega o telefone, vai pro banheiro e me liga de novo.

Fiz o que ela mandou. Desliguei o telefone e repeti as palavras para quem estava no quarto... e para o agente Starmans, que estava do lado de fora.

— O que ela disse? — perguntou Lia, o olhar fixo no meu rosto, pronta para chamar minha atenção assim que pescasse uma mentira saindo dos meus lábios.

— Ela disse "estou ocupada com uma coisa e passo aí na casa assim que terminar".

Tecnicamente, a agente Locke *tinha* dito exatamente aquilo. Eu não estava mentindo... e precisaria apostar que Lia não pescaria os sinais de que eu estava escondendo uma parte da verdade.

— Você está bem? — perguntou Dean.

— Vou ao banheiro — falei, torcendo para eles interpretarem como eu não querendo admitir que não estava bem. Saí da sala sem nem encarar Michael.

Fechei e tranquei a porta do banheiro. Depois abri a torneira e só então liguei para a agente Locke.

— Estou sozinha — falei baixinho, deixando o barulho da água abafar minhas palavras para todo mundo, menos ela.

**ACADEMIA DOS CASOS ARQUIVADOS 225**

— Tudo bem — disse Locke. — Agora respira fundo. Fica calma. E me diz o que há de errado.

Contei tudo. Ela sussurrou um palavrão.

— Você ligou para o Briggs? — perguntou.

— Eu tentei — disse. — Mas ele não está atendendo.

— Cassie, preciso te contar uma coisa, e quero que você me prometa que vai manter a calma. Briggs está numa reunião com o diretor Sterling. Temos motivo pra acreditar que houve um vazamento de informações na nossa unidade. Até termos provas firmes do contrário, precisamos supor que sua equipe de proteção pode estar comprometida. Preciso que você saia daí. Em silêncio, rapidamente e sem chamar a atenção de ninguém.

Pensei no agente Starmans no corredor e nos outros agentes no primeiro andar. Eu estava tão envolvida no caso que nem cheguei a prestar atenção neles.

Em nenhum deles.

— Vou ligar para Starmans e para os outros — disse Locke. — Devo conseguir te deixar uns minutos sem vigilância.

— Eu tenho que sair daqui — falei. A ideia de o UNSUB poder ser uma das pessoas designadas a me proteger...

— Você precisa se acalmar — disse Locke, a voz firme. — Você mora numa casa cheia de gente sempre em alerta. Se entrar em pânico, eles vão perceber.

Michael. Ela estava falando de Michael.

— Ele não tem nada a ver com isso — falei.

— Não disse que tinha — respondeu Locke —, mas eu conheço Michael há mais tempo que você, Cassie, e ele tem um histórico de fazer coisas idiotas por causa de garotas. A última coisa de que precisamos agora é de alguém bancando o herói.

Pensei em Michael pressionando Dean na parede quando ele chamou de jogo aquela obsessão do assassino comigo. Pensei em Michael na piscina, me contando sobre uma vez em que acabou perdendo a cabeça.

— Tenho que ir — falei. Quanto mais longe eu estivesse de Michael, mais seguro ele estaria. Se eu fosse embora, o UNSUB iria atrás de mim. Nós poderíamos botar esse psicopata para fora à força. — Te ligo quando estiver longe.

— Cassie, se você desligar esse telefone e fizer alguma besteira — disse Locke, personificando Nonna, minha mãe e o agente Briggs, tudo ao mesmo tempo —, eu vou passar os próximos cinco anos da sua vida cuidando pra que você se arrependa *profundamente* disso. Quero que você vá atrás de Dean. Se tem alguém nessa casa que sabe identificar um assassino, é ele, e confio nele pra cuidar da sua segurança. Ele sabe a combinação do cofre no escritório do Briggs. Diz que eu o mandei usar.

Levei um instante para entender que o cofre a que ela se referia devia ser de armas.

— Encontre Dean e saia daí, Cassie. Não deixe que mais ninguém os veja saindo. Vou mandar as coordenadas da casa que usamos como esconderijo em Washington. Briggs e eu encontramos vocês lá.

Assenti, sabendo que ela não estava me vendo, mas era incapaz de formar palavras inteligíveis.

— Fica calma.

Assenti novamente, e só então consegui responder:

— Tudo bem.

— Você é capaz de fazer isso — disse a agente Locke. — Você e Dean formam um time incrível, e não vou deixar que aconteça nada com nenhum de vocês dois.

Três breves batidinhas na porta do banheiro me fizeram pular de susto, mas me obriguei a seguir a instrução primária de Locke e manter a calma. Eu era capaz de fazer aquilo. Precisava fazer aquilo. Desliguei o telefone, o enfiei no bolso de trás, fechei a torneira e encarei a porta.

— Quem é?

— Sou eu.

Michael. Falei um palavrão mentalmente, porque existe calma e *calma*, e com o dom de Michael de ler emoções, ele perceberia num piscar de olhos se eu estivesse fingindo.

*Calma. Calma. Calma.*

Eu não podia ficar com raiva. Não podia ficar com medo. Não podia entrar em pânico, não podia sentir culpa nem dar sinais de que tinha acabado de ter uma conversa com a agente Locke... não se eu quisesse deixar Michael de fora. Foi só no último segundo, enquanto abria a porta, que percebi que não iria conseguir.

Ele acabaria percebendo que havia algo errado... então fiz a única coisa em que consegui pensar. Abri a porta e menti.

— Olha — falei, deixando transparecer no rosto todo aquele fluxo de emoções que eu estava mantendo escondido, deixando-o ver como eu estava cansada, sufocada, nervosa. — Se você veio aqui por causa do beijo, eu não consigo lidar com isso agora. — Fiz uma pausa, deixando as palavras serem absorvidas. — Não consigo lidar com você.

Percebi o instante em que as palavras atingiram o alvo, porque a expressão de Michael mudou completamente. Não parecia com raiva nem triste... parecia que não estava nem aí. Parecia o garoto que conheci na lanchonete: camadas e mais camadas, máscaras e máscaras.

Passei por ele antes que ele pudesse notar que machucá-lo também me machucava. Depois de martelar o último prego do caixão, segui pelo corredor sabendo que Michael estava me olhando e fui direto até Dean.

— Preciso da sua ajuda — falei, a voz baixa.

Dean olhou por cima do meu ombro. Eu sabia que ele estava encarando Michael. E sabia que Michael estava olhando de cara feia para ele, mas não me virei.

Eu não podia me permitir virar.

Dean assentiu e, um segundo depois, o segui para o quarto dele, no terceiro andar. Como a agente Locke disse, o agente Starmans recebeu uma ligação que o impediu de nos seguir.

— Desculpa... — comecei a dizer, mas Dean me interrompeu.

— Não pede desculpa — disse ele. — Só me diz do que você precisa.

Pensei na cara dele ao dar de cara comigo e Michael.

— Locke quer que eu saia da casa — falei. — Ou houve um vazamento de informação no FBI e o UNSUB tem como entrar ou o UNSUB já está aqui e a gente não sabe. Locke disse pra eu te falar pra usar a combinação do cofre do escritório.

O telefone de Dean vibrou. Uma mensagem de texto.

— É a localização do esconderijo — falei. — Não sei como a gente vai entrar no escritório e sair de casa sem ninguém ver, mas...

— Eu sei. — Dean simplificou as coisas: não disse nada além do absolutamente necessário. — Tem uma escada nos fundos. Estava bamba, então uns anos atrás teve o acesso bloqueado. Só Judd sabe que existe. Se a gente conseguir ir até o porão, eu sei um caminho pra conseguirmos sair. Aqui. — Ele me jogou um moletom que estava na cama. — Veste isso. Você está tremendo de frio.

Estávamos no meio do verão. Na Virgínia. Eu não devia estar tremendo de frio, mas meu corpo estava se esforçando o máximo para conseguir encarar aquele choque. Vesti o moletom enquanto Dean me levava pela escada dos fundos até chegarmos ao escritório. Fiquei vigiando a porta enquanto ele se ajoelhava ao lado do cofre.

— Você sabe atirar? — perguntou ele.

Eu fiz que não. Aquela habilidade específica não fazia parte do treinamento da minha mãe. Talvez, se fizesse, ela ainda estivesse viva.

Dean carregou uma das armas e a prendeu no cós da calça jeans. Deixou a outra onde estava e fechou o cofre. Em dois minutos chegamos ao porão e um minuto depois já estávamos a caminho do esconderijo.

# Você

**Não era para você cometer erros.** Era para ser um plano perfeito. E, por algumas horas, realmente foi.

Mas você estragou tudo. Você sempre estraga tudo… e lá estava a voz Dele de novo na sua cabeça, você com treze anos se encolhendo no canto, se perguntando se ele te bateria com os punhos, com o cinto ou com o atiçador de brasa da lareira.

O pior de tudo é que você está só. No meio de um monte de gente ou levantando as mãos para proteger o rosto, não importa. Você sempre está só.

Esse é o motivo de você não poder deixar isso dar errado. Por isso que dali em diante a perfeição foi tão necessária. Por isso você precisa incorporar a perfeição.

Você não pode perder Cassie. Não vai.

Vai amá-la ou matá-la, mas, de um jeito ou de outro, ela vai ser sua.

# Capítulo 35

**O esconderijo parecia uma casa qualquer.** Dean entrou primeiro, em seguida puxou a arma e a segurou firme diante do corpo enquanto verificava o saguão, a sala, a cozinha. Fiquei logo atrás. Voltamos para o saguão na mesma hora em que a maçaneta da porta da frente começou a girar.

Dean se adiantou, me empurrando para trás. Ergueu a arma com firmeza enquanto eu esperava, rezando para serem Briggs e Locke do outro lado da porta. As dobradiças soltaram um rangido. E a porta foi lentamente se abrindo.

— Michael?

Dean abaixou a arma. Por uma fração de segundo, senti uma explosão de alívio, uma sensação de conforto e segurança irradiando de dentro de mim. Soltei o ar preso na garganta. Meu coração voltou a bater normalmente.

Até que vi a arma na mão de Michael.

— O que você está fazendo aqui? — perguntei, e enquanto olhava para ele, para a arma, me senti aquela garota burra de filmes de terror, aquela que não conseguia ver o que estava embaixo do seu nariz. A que descia até o porão para dar uma olhada no aquecedor enquanto havia um assassino mascarado à solta.

Michael estava ali.

Armado.

O UNSUB tinha um informante.

*Não.*

— Por que você está com uma arma? — perguntei estupidamente. Não consegui deixar de dar um passo em direção a Michael, apesar de não conseguir interpretar a expressão em seu rosto.

Na minha frente, Dean ergueu o braço direito, a arma na mão.

— Abaixa, Townsend.

Michael ia abaixar a arma. Foi o que fiquei dizendo a mim mesma. Ele ia abaixar a arma e aquilo se tornaria só algum tipo de erro. Eu já tinha visto Michael à beira de algo violento. Ele chegou a me dizer que quem tinha mais potencial de perder a cabeça era ele, mas eu *conhecia* Michael. Ele não era perigoso. Não era um assassino. O garoto que eu conhecia não era só uma máscara usada por alguém que sabia manipular emoções tão bem quanto interpretá-las.

Aquele era Michael. Ele me chamava de Colorado e lia Jane Austen e eu ainda conseguia sentir seus lábios nos meus. Ele ia abaixar a arma.

Mas não foi o que ele fez. Pelo contrário, a ergueu mais ainda, apontando para Dean.

Os dois se encararam. Suor começou a escorrer pelas minhas costas. Dei um passo à frente, depois outro — não tinha como me manter de fora daquela situação.

Michael estava com uma arma apontada para Dean.

Dean estava com uma arma apontada para Michael.

— Estou te avisando, Michael. Abaixa essa arma. — Dean parecia calmo. Completamente calmo, de um jeito que revirou meu estômago, porque de repente percebi que ele *era capaz* de puxar o gatilho. Não pensaria nem duas vezes. Não hesitaria.

Se ele achasse que eu estava em perigo, acertaria uma bala na cabeça de Michael.

— Abaixa você — respondeu Michael. — Cassie...

Interrompi Michael. Não ia ouvir nenhuma palavra de nenhum dos dois, não com todos nós a um passo de uma tragédia.

— Abaixa, Michael — falei. — Por favor.

Foi então que Michael desviou o olhar. Pela primeira vez olhou de Dean para mim, e vi quando ele percebeu que eu não estava com medo de Dean. Que eu estava com medo *dele*.

— Você sumiu, Dean sumiu. Uma das armas do Briggs sumiu — disse Michael, ofegante. A expressão cautelosa foi lentamente desaparecendo, até eu estar frente a frente com aquele garoto que eu tinha beijado: confuso, magoado, vulnerável, querendo ficar comigo, apavorado por mim. — Eu nunca machucaria você, Cassie.

Alguma coisa se desmontou dentro de mim. Aquele era Michael, o mesmo que sempre tinha sido.

Ao meu lado, Dean mandou Michael abaixar a arma novamente. Michael fechou os olhos, abaixou a arma e, assim que o fez, o som de um tiro atravessou o ar.

Um tiro. Dois tiros.

Com os ouvidos zumbindo, o estômago embrulhado e uma súbita vontade de vomitar, tentei identificar qual arma tinha disparado. A mão de Michael pendia ao lado do corpo. A boca se abriu em surpresa, e observei horrorizada quando o vermelho começou a manchar a camiseta azul-clara. Ele tinha sigo atingido. Duas vezes. Uma no ombro, outra na perna. Os olhos se reviraram. A arma caiu de seus dedos.

Ele desabou.

Me virei e vi Dean com a arma ainda na mão. Dessa vez, estava apontada para mim.

*Não. Não não não não não não não.*

Foi então que ouvi uma voz e percebi que não era Dean quem tinha atirado. Ele não estava apontando a arma na minha direção. Estava apontando para a pessoa *atrás* de mim. A que havia atirado em Michael.

Estava apontando para a agente especial Lacey Locke.

**ACADEMIA DOS CASOS ARQUIVADOS 233**

PARTE QUATRO:

# VER

# Você

**Você esperou por esse momento.** Esperou que ela te olhasse e visse. Mesmo agora, a confusão se mistura com a descrença em seu rosto. Ela não entende por que você atirou em Michael. Não entende quem você é e o que ela é para você.

Mas Dean entende. Você percebe o momento exato em que tudo se encaixa para o garoto que você treinou. As aulas que você deu, as diquinhas que você foi deixando no caminho. O jeito como você trata Cassie, preparando-a à sua imagem. A semelhança entre vocês duas.

Seu cabelo também é ruivo.

Dean aponta a arma para você, mas você não está com medo. Você pode ver dentro da cabeça daquele garoto. Sabe exatamente o que dizer, como manipulá-lo. Foi você quem o mandou levar a arma. Foi você quem se assegurou de que ninguém soubesse que ele e Cassie estavam saindo de casa. Foi você quem os levou ali.

Tudo faz parte do plano... e Dean não passa de mais um corpo, mais uma coisa entre você e seu desejo mais profundo.

Cassie. A filha de Lorelai.

Você a mandou não fazer nenhuma besteira. Ela e Dean tinham que ir sozinhos.

Você vai ter que puni-la por isso.

# Capítulo 36

**A agente Locke estava segurando uma arma.** Ela havia atirado em Michael... havia atirado *nele*... e agora ele estava no chão, uma poça se formando em volta do corpo, o sangue vazando. Aquilo era um erro, tinha que ser um erro. Ela viu que ele estava segurando uma arma e precisou reagir. Ela era uma agente do FBI e queria me proteger. Era o trabalho dela.

— Cassie — disse Dean em uma voz baixa, carregada de aviso. Sua expressão o fazia parecer um predador, um soldado, uma máquina. — Pra trás.

— Não — disse a agente Locke, vindo até nós com o sorriso mais largo que eu já tinha visto. — Não vá pra trás. Não escuta ele, Cassie.

Dean seguiu o movimento dela com a arma. Levou o dedo ao gatilho.

— Você é um assassino, Dean? — perguntou a agente Locke, os olhos sérios e arregalados. — Sempre ficamos nos perguntando. O diretor Sterling hesitou em fundar o programa porque ele sabe de onde você veio. Do *que* você veio. É justo que a gente te ensine tudo que dá pra saber sobre assassinos em série? Te forçar a viver numa casa onde as fotos deles cobrem as paredes e tudo que você vê e faz é voltado a isso? Se levarmos seu passado em consideração, quanto tempo temos até você surtar?

Nesse momento, a agente Locke estava mais perto dele.

— Você pensa sobre isso. É seu maior medo. Quanto tempo — a agente Locke começou a falar arrastado — até você ficar... igual... ao papai?

Com os braços firmes e o olhar inflexível, Dean apertou o gatilho, mas era tarde demais. Ela tinha partido para cima dele, derrubado a arma e, quando disparou, a bala acabou desviando, passando tão rente ao meu rosto que senti o calor na pele. Nesse momento, Dean virou a cabeça para me olhar e ver se eu estava bem. O instante lhe custou uma fração de segundo, mas até isso foi muito.

A agente Locke bateu com a arma nele e Dean caiu, o corpo inerte derrubado a um metro do de Michael.

— As garotas estão finalmente a sós — disse a agente Locke, se virando para mim.

Dei um passo à frente, na direção de Michael e Dean, mas a agente Locke balançou a arma para mim.

— Naninanão — disse ela, fazendo um som de reprovação. — Paradinha aí. Precisamos ter uma conversinha sobre o que significa seguir ordens. Te mandei não fazer besteira. E deixar Michael te seguir até aqui foi mais do que besteira. Foi *descuido*.

Em um segundo ela estava ali, exatamente a mulher que eu conhecia, cheia de vida, uma força da natureza, brilhante em conseguir o que queria; no outro já estava em cima de mim. Vi um borrão prateado e ouvi o barulho do impacto de sua arma atingindo minha maçã do rosto.

Um instante depois, uma onda de dor explodiu no meu rosto. Eu estava no chão. Senti gosto de sangue.

— Se levanta. — A voz dela foi brusca, mas havia uma rispidez que eu nunca tinha ouvido antes. — *Se levanta.*

Fiquei de pé. Ela esticou a mão esquerda, colocando os dedos sob meu queixo. Virou meu rosto para cima. Meus lábios estavam cobertos de sangue, e senti meu olho inchando até fechar. Até mesmo aquele leve movimento de cabeça me fez ver estrelas.

ACADEMIA DOS CASOS ARQUIVADOS **239**

— Te mandei não fazer nenhuma besteira. Falei que faria você se arrepender se fizesse. — Ela cravou as unhas na pele sob meu queixo, e me lembrei das fotos das vítimas, no jeito como ela tinha arrancado a pele do rosto delas.

*A faca.*

— Não faça mais nada que me obrigue a fazer você se arrepender — ela disse, fria. — Você só vai acabar se machucando.

Olhei dentro dos olhos dela, me perguntando como pude deixar isso passar despercebido, como pude passar o dia inteiro, todos os dias com essa mulher por semanas sem perceber que havia algo de errado com ela.

— Por quê? — Eu devia ter ficado de boca fechada. Devia estar atrás de uma saída, mas não havia saída nenhuma, e eu precisava saber.

Locke ignorou minha pergunta e olhou para Michael.

— É uma pena — disse ela. — Eu tinha esperanças de poupá-lo. Ele tem um dom muito valioso e passou a gostar mesmo de você. Todos eles passaram.

Então ela me bateu de novo, sem nenhum aviso. Desta vez, me segurou antes que eu caísse.

— Você é igualzinha à sua mãe — disse, apertando meu braço e me obrigando a ficar ereta. — Não seja fraca. Você é melhor que isso. *Nós* somos melhores que isso, e não quero você choramingando no chão igual uma piranha qualquer. Está me entendendo?

O que eu entendi foi que as palavras que ela estava me dizendo eram coisas que um dia alguém provavelmente disse a ela. Entendi que, se eu lhe perguntasse como conhecia a minha mãe, ela me espancaria.

Entendi que talvez ninguém viesse me ajudar.

— Eu espero uma resposta quando falo com você, Cassie. Você não foi criada no mato.

— Estou entendendo — falei, prestando atenção a sua escolha de palavras, o tom quase maternal. Supus que o UNSUB fosse um homem. Supus que, quando o UNSUB matava mulheres, talvez houvesse algum tipo implícito de motivação sexual. Mas foi a agente Locke que me ensinou que, quando você mudava uma suposição, você mudava tudo. *Você sempre vai estar enganada sobre algum detalhe. Sempre vai deixar alguma coisa passar. E se o* UNSUB *for mais velho do que você pensava? E se* ele *na verdade for* ela?

Ela praticamente me contou que era o UNSUB e tinha entrado por um ouvido e saído pelo outro, porque eu confiava nela, porque, se a motivação do UNSUB não fosse sexual, se ele não estivesse matando repetidamente a esposa ou a mãe ou uma garota de quem recebeu um fora, se *ele* era *ela...*

— Beleza, garota, vamos começar o espetáculo. — Locke parecia tanto ela mesma, tão normal, que era difícil lembrar que ela estava segurando uma arma. — Tenho um presente pra você. Vou lá buscar. Se enquanto isso você se mexer, se piscar, meto uma bala no seu joelho, te espanco até só restar um fiapinho... e meto uma bala na cabeça do bonitão aí.

Ela indicou Dean, que estava inconsciente, mas vivo. E Michael...

Eu não conseguia nem olhar para o corpo de Michael, caído de bruços no chão.

— Não vou me mexer.

Ela só se ausentou por alguns segundos. Dei um único passo na direção da arma abandonada de Michael e parei onde estava, porque sabia que nossa sequestradora estava falando a verdade. Ela mataria Dean. E me machucaria.

Aquele momento de hesitação pareceu tempo demais, e um instante depois Locke voltou... acompanhada.

— Por favor, não me machuca. Por favor. Meu pai tem dinheiro. Ele vai te dar o que você quiser, mas, por favor, não...

Demorei um pouco até conseguir reconhecer Genevieve Ridgerton. Estava cheia de cortes feios no pescoço e nos ombros, e seu rosto, tão inchado que mal dava para identificá-la.

Isso sem contar o sangue seco grudado no couro cabeludo. A pele ao redor da boca estava rosada, como se um pedaço de fita adesiva tivesse sido arrancado. Ela deixou escapar um som agudo, algo entre um gargarejo e um gemido.

— Uma vez eu te disse que só existe uma coisa em que sou naturalmente boa — disse a agente Locke para mim, abrindo um sorriso largo enquanto segurava uma faca.

Me esforcei para lembrar dessa conversa. Foi uma das primeiras coisas que ela me disse, com um brilho malicioso nos olhos. Imaginei que estivesse se referindo a sexo... mas a expressão impotente e desesperada no rosto de Genevieve não deixava nenhuma dúvida sobre qual seria o suposto dom de Locke.

Tortura.

Mutilação.

Morte.

Ela se considerava uma assassina Natural, e estava me esperando dizer alguma coisa. Estava me esperando elogiar seu trabalho.

*Você conheceu minha mãe. Você me bateu, me machucou, jogou a culpa em mim. É quase certo que você tenha sofrido abuso quando criança. Você me chamou de garota. Eu não sou como suas outras vítimas. Você me deu presentes. Me papariquei.*

— No dia em que nos conhecemos — falei, torcendo para que a expressão no meu rosto parecesse sincera, inocente o bastante para agradá-la —, quando você disse que só tinha uma coisa em que era naturalmente boa, você também falou que só poderia me contar quando eu fosse maior de idade.

Locke pareceu realmente satisfeita por eu ter lembrado.

— Isso foi antes de eu te conhecer — disse ela. — Antes de eu me dar conta do quanto você era parecida comigo. Eu sabia que você era filha de Lorelai. Lógico que sabia, fui eu quem te identifiquei no sistema. Te dei de mão beijada a Briggs. Te trouxe pra cá porque você era da Lorelai, mas quando comecei a trabalhar com você... — Os olhos dela estavam iluminados de um jeito estranho, como uma noiva tímida ou uma mulher grávida, cheios de uma felicidade tão grande que irradiava. — Percebi que você era minha, Cassie. Seu lugar era comigo. Achei que fosse conseguir esperar até você ficar mais velha, até estar pronta, mas você está pronta *agora*.

Ela empurrou Genevieve, forçando-a a ficar de joelhos. A garota desabou, com o corpo tremendo e completamente em pânico. Locke me flagrou olhando para Genevieve e abriu um sorriso.

— Eu a trouxe pra você.

Com a arma ainda na mão direita, Locke me ofereceu a faca com a esquerda, pelo cabo. Tinha uma expressão esperançosa, vulnerável, *faminta*.

*Você quer algo de mim.*

Locke não queria me matar... ou talvez até quisesse, mas aquilo era o que ela mais queria. Que eu pegasse a faca. Que cortasse a garganta de Genevieve. Que me tornasse sua protegida em mais de uma maneira.

— Pega a faca.

Obedeci e desviei o olhar para a arma ainda em suas mãos, apontada para a minha testa.

— Isso é necessário mesmo? — perguntei, tentando agir como se a ideia de ferir aquela garota ajoelhada com uma faca não me desse vontade de vomitar. — Se eu for fazer isso, quero que seja *meu*.

Eu estava falando sua língua, dizendo o que ela queria ouvir: que eu era como *ela*, que éramos *iguais*, que eu entendia que toda aquela situação tinha a ver com raiva e controle e ter nas mãos o poder de decidir quem vivia e quem morria. Locke foi lentamente baixando a arma, mas não a largou. Calculei a distância entre nós, me perguntando se eu conseguiria enfiar a faca nela antes que ela conseguisse atirar em mim.

Locke era mais forte do que eu. Tinha mais treinamento. Era uma assassina.

Para enrolar, me ajoelhei ao lado de Genevieve. Depois me curvei, levando os lábios ao ouvido da garota e deixando que a expressão no meu rosto assumisse aquele toque de loucura que tinha visto no de Locke. E, falando em um tom de voz tão baixo que só Genevieve poderia ouvir, sussurrei:

— Eu não vou te matar. Vou te tirar daqui.

Genevieve ergueu os olhos, toda encolhida no chão. Depois esticou a mão e me segurou pela camiseta.

— Me mata — suplicou, as palavras escapando pelos lábios rachados e sangrando. — Me mata você, antes que ela me mate.

Fiquei ajoelhada, paralisada onde estava, até que Locke perdeu a cabeça — foi de uma professora prestando atenção na aluna preferida a um animal furioso. Bateu em Genevieve, virou a garota de costas, prendeu-a no chão e agarrou seu pescoço.

— Você não toca um dedo na Cassie — disse ela, aos berros, o rosto tão colado no de Genevieve que a garota nem teve como desviar. — A decisão... não é... sua.

Estava me sentindo a mil por hora. Eu precisava tirar Locke de cima de Genevieve. Precisava impedi-la. Precisava...

Num segundo Locke estava sobre Genevieve, no outro estava arrancando a faca da minha mão.

— Você não consegue — disse ela, cheia de desdém. — Você não consegue fazer *nada* direito.

Genevieve abriu a boca e Locke cravou a faca na lateral do corpo da garota. Eu prometi que protegeria Genevieve, e agora...

Agora havia sangue.

# Capítulo 37

**Locke se levantou.** Depois chutou o corpo de Genevieve para o lado, como se já estivesse morta, apesar de os sons ofegantes e de choro que a garota à beira da morte deixava escapar me fazerem pensar que não era o caso. A arma de Locke estava esquecida no chão, mas o jeito como ela segurava a faca enquanto se aproximava de mim não deixou dúvidas de que eu não estava nem um pouco mais segura do que antes.

Ela ia me esfaquear.

Ia abrir meu corpo.

Ia me matar.

— Você é uma mentirosa — disse ela. — Não conseguiu fazer. Você quer, pelo menos? Quer?

Ela estava gritando. Dei um passo para trás e abri a boca para dizer o que ela queria ouvir, dizer que eu queria, sim, tentar enrolar e ganhar tempo, mas ela não me deu nenhuma brecha. Pelo contrário, me encarava por cima da lâmina enquanto dava outro passo à frente.

— Era para você matar ela — disse Locke. — Eu peguei a garota pra *você*.

— Desculpa...

— "Desculpas" nunca resolveram nada. *Lorelai* pediu desculpas. Pediu desculpas, mas mesmo assim foi embora e me deixou sozinha. — Sua voz falhou, mas a fúria ainda era perceptível em cada palavra. — Era para você matar a garota. Tinha que ser *nós duas*, Cassie. Você. E eu. Mas *você foi embora!*

Ela não estava mais falando comigo. Não foi a *mim* que viu quando seus olhos desvairados pousaram no meu rosto. A lâmina em sua mão brilhava. Uma gota de sangue pingou no chão. Eu tinha dois, no máximo três segundos.

— O que você quer dizer com eu fui embora? — perguntei, torcendo para minhas palavras conseguirem romper aquela névoa na cabeça dela e a levarem de volta para o presente. — Fui embora de onde?

Locke parou. Olhou para mim, hesitante... e me enxergou. Depois se recompôs e, com a voz ainda transbordando veneno, avançou.

— Lorelai foi embora. Ela tinha dezoito anos e eu, doze. Ela tinha que me proteger. Tinha que cuidar de mim. À noite, quando o papai sumia e o monstro chegava para brincar, ela ficava o irritando. O deixava com raiva de propósito pra ele bater nela e não em mim. Ela disse que não ia deixar nada acontecer comigo. — Locke fez uma pausa. — Mas ela mentiu.

Nós sabíamos que o UNSUB era obcecado pela minha mãe. Só não sabíamos por quê.

— Ela era minha irmã, e me deixou lá mesmo assim. Ela sabia como ele tinha se transformado depois que a mamãe foi embora. Sabia o que ele faria comigo quando ela saísse de casa, e saiu assim mesmo. Por *sua* causa. Porque o papai tinha razão: Lorelai não passava de uma piranha. Ela fez tudo errado, e quando descobri que ela estava esperando um bebê daquele garoto da Força Aérea... — Locke se perdeu completamente na lembrança. Olhei sua arma largada no chão, me perguntando se conseguiria alcançá-la a tempo. — Achei que o papai a mataria se ficasse sabendo. Não era nem para *eu* ficar sabendo, mas descobri tudo, e, quando ele descobriu, nem ficou com raiva! Não cortou a garganta dela, não rasgou aquele rostinho bonito que ela tinha até os garotos não quererem mais saber dela. Lorelai estava grávida e ele ficou feliz.

"Aí ela foi embora. Na calada da noite. Me acordou, me deu um beijo e disse que estava de saída. Me disse que nunca mais voltaria, que não criaria um bebê naquela casa, que nosso pai nunca encostaria um dedo em *você*."

Então Locke, minha tia, apertou com força o cabo da faca. Sua mão tremeu.

— Implorei pra ela me levar junto, mas ela disse que não dava. Que ele iria atrás da gente. Que ela não tinha direito legal de me levar embora. Que seria *muito difícil*. Ela me deixou apodrecendo lá, e, quando saiu de casa, a única pessoa que restou pra ele castigar era eu.

*Não faça mais nada que me obrigue a fazer você se arrepender. Você só vai acabar se machucando.*

*Não quero você choramingando no chão igual uma piranha qualquer.*

Minha mãe nunca chegou a comentar sobre a família dela. Nunca mencionou ter tido um pai abusivo nem uma mãe ausente. Nunca comentou sobre ter tido uma irmã mais nova, mas naquele momento eu conseguia *ver* a estrutura familiar: os hematomas, as lesões e o terror, o papai-monstro, a irmãzinha que ela não conseguiu salvar e o bebê que conseguiu.

— Quando as pessoas me perguntam por que eu faço o que faço — disse a mulher que um dia foi aquela irmãzinha —, conto que entrei no FBI porque alguém que eu amava foi assassinado. Eu tinha finalmente conseguido sair daquela casa. Entrei pra faculdade e passei anos procurando minha irmã. No começo, tudo que eu queria era encontrá-la. Só queria ficar com ela… e com você. Se ela tivesse me levado junto, eu teria ajudado! Você teria me amado. Eu teria amado você. — A voz de Locke ficou muito suave, e percebi que ela imaginava esse cenário quando era uma criança presa naquele inferno. Ela pensou na minha mãe, e tinha pensado em mim antes mesmo de me conhecer, antes de saber meu nome.

— Ela não devia ter te deixado — arrisquei dizer, porque era o que eu realmente sentia. Locke era só uma criança quando minha mãe foi embora, e minha mãe nunca nem olhou para trás. Ela me criou na estrada, de cidade em cidade, nunca dando a entender que tinha uma família, assim como nunca mencionou meu pai.

Passamos minha vida inteira fugindo e eu nem sabia.

— Ela não devia ter me deixado — repetiu Locke. — Com o tempo, parei de sonhar com o dia em que a encontraria e voltaríamos a ser uma família e comecei a sonhar com o dia em que a encontraria para machucá-la, do mesmo jeito que o papai me machucou. Fazer com que ela pagasse por ter me deixado naquela casa. Rasgar a cara dela até ninguém mais achá-la bonita, fazer com que olhar pra ela fizesse *você* gritar.

*O camarim. O sangue. O cheiro…*

— Mas quando a encontrei, quando te encontrei, era tarde demais. Ela já estava morta. Tinha ido embora, e não era justo. *Eu* que ia matar ela. *Eu* que faria isso.

Então minha tia não havia matado minha mãe… porque outra pessoa chegou lá primeiro.

— Quando descobri que ela estava morta e você tinha ido embora, quando descobri que tinham te mandado morar com a família do seu *pai*… Eu também era da sua família! Pensei em te sequestrar. Até fui ao Colorado, mas, quando cheguei, tinha uma drogada no hotel de beira de estrada onde me hospedei. Era uma vagabunda perdida na vida, imunda, e tinha o cabelo daquele exato tom de ruivo. Eu a matei e disse "E aí, gostou, Lore?". Fiz pedacinho daquela mulher, até conseguir imaginar o rosto de Lorelai por baixo, e, meu Deus, que sensação boa. — Ela fez uma pausa. — Foi bom demais, sabe? Aquela primeira vez. É sempre assim. E, depois da primeira, você sempre acaba precisando de mais.

— Foi por isso que você entrou pro FBI? — perguntei. — Muitas viagens, acesso fácil, o disfarce perfeito?

A agente Locke deu um passo na minha direção. Cada músculo em seu corpo estava rígido. Por um momento fiquei achando que ela iria me bater... que me daria uma surra até eu não aguentar mais.

— Não — disse ela. — Não foi por isso que entrei.

*Quando as pessoas perguntam por que eu faço o que faço, conto que entrei pro FBI porque alguém que eu amava foi assassinado.*

Me lembrei do que Locke tinha dito, e só então me dei conta de que ela estava falando a verdade.

— Você entrou pro FBI porque queria encontrar o assassino da minha mãe.

Não porque estava triste que minha mãe morreu. Mas porque *ela* queria matá-la.

— Mudei de nome. Estudei. Me planejei. Passei com louvor nos exames psicológicos. Desde que Briggs e eu começamos a trabalhar juntos e ele me envolveu no programa dos Naturais, ninguém conseguiu ver quem eu realmente era. As pessoas viam o que queriam ver. Lia nunca me pegou numa mentira. Michael nunca captou nenhum sinal de emoção negativa. E Dean... ele me via como família.

Ouvir o nome de Dean me fez desviar o olhar para o corpo dele. Ele continuava imóvel... mas Michael, não. Estava com os olhos abertos. Sangrava. Não conseguia andar nem engatinhar, mas se arrastava lentamente pelo chão... até alcançar a arma.

Locke se mexeu para seguir meu olhar, mas a interrompi.

— Não é a mesma coisa — falei, num tom de voz calmo e decidido.

— O que não é a mesma coisa? — disse Locke... não, na verdade o nome dela não era Locke, não se ela fosse irmã da minha mãe.

Eu tinha menos de um segundo para pensar em uma resposta, mas crescer como filha de uma mulher que ganhava a vida fingindo ser médium não me ensinou só sobre comportamento, personalidade e ambiente. Afinal de contas, para o bem ou para o mal, eu tinha aprendido a fazer teatrinho, então disse a única coisa em que consegui pensar que manteria a atenção de Lacey *Hobbes* completamente voltada para mim.

— Você tentou reencenar o assassinato da minha mãe, mas se enganou. O que você está fazendo com essas mulheres não é o mesmo que *eu* fiz com a minha mãe.

A mulher diante de mim queria matar a minha mãe, mas ao mesmo tempo estava desesperadamente querendo ser aceita. Queria fazer parte de uma família, e me levou ali naquela noite com a esperança doentia de que eu pudesse ser isso para ela. Ela gostou de ser minha mentora. Queria que eu fosse como ela.

Agora meu trabalho era convencê-la de que eu era.

— Minha mãe não te protegeu — falei, espelhando a raiva, o desespero e a dor que eu via em seu rosto. — Mas também não me protegeu. Tinha um monte de homem. Ela não os amava. Não ficava com eles. Não abria a boca quando eles descontavam as frustrações em mim. Ela era fraca. Era uma piranha. Ela me *machucou*.

Lia conseguiria ver que eu estava mentindo, mas a mulher na minha frente não era Lia. Abri um sorriso e deixei aquela expressão ir lentamente tomando conta do meu rosto, com os olhos fixos na minha tia, sem nem por um segundo desviar o olhar para Michael.

— Então eu a machuquei de volta.

Minha tia me encarou, a expressão descrente, mas os olhos ansiosos.

— Ela estava se arrumando... passando o batom. Fingindo ser tão perfeita e especial que não tinha como ser um monstro. Chamei o nome dela. Ela se virou e foi aí que peguei minha faca. Cravei na barriga dela. Ela disse o meu nome. Só isso. Só "Cassie". Então a esfaqueei de novo. E de novo. Ela resistiu... esperneou e começou a gritar, mas, dessa vez, o poder estava nas minhas mãos. Era eu quem estava ferindo, era ela quem estava sendo ferida. Ela caiu de barriga pra baixo, e a virei pra poder ver seu rosto. Não deslizei a faca pelas bochechas dela. Não a cortei. Em vez disso, enfiei os dedos em suas costelas, a fiz gritar. Depois pintei os lábios dela com sangue.

Locke, não, Hobbes... *Lacey* parecia enfeitiçada pela história. Por um único segundo, achei que ela pudesse ter acreditado. A mão que segurava a faca pendia, relaxada, ao lado do corpo. Ela enfiou a outra no bolso. Tirou alguma coisa de dentro... não consegui identificar o quê. Depois passou o dedo por um instante no objeto, com cuidado, devagar, e fechou a mão em punho.

— Excelente atuação — disse ela. — Mas também sou perfiladora. Faço isso há muito mais tempo do que você, Cassie, e sua mãe não foi morta por uma garota de doze anos. Você não é uma assassina... não tem o necessário pra isso. — Ela empunhou a faca e andou, aquela avidez nos olhos se transformando em outra coisa.

Sede de sangue.

— Você não vai conseguir se safar — falei, deixando de fingir no momento em que ela veio para cima de mim. — Vão saber que foi você. Vão te pegar...

— Não — corrigiu Locke. — *Eu* vou pegar Dean. Você me ligou do telefone dele. Fiquei preocupada, mas, quando liguei para a casa, você não estava. Todo mundo ficou louco. Descobriram que Dean também tinha sumido, que roubou as armas do Briggs. Eu rastreei vocês e encontrei Dean aqui com Genevieve. Foi *ele* quem atirou em Michael. *Ele* que te cortou. Eu sou a agente heroica que o deteve, que descobriu que os assassinatos de Washington foram cometidos por um imitador com acesso ao nosso sistema, sem relação nenhuma com os outros assassinatos. Acabei chegando tarde demais pra te salvar, mas consegui matar Dean antes que ele pudesse me matar. Tal pai, tal filho. Achou mesmo que podia vencer? — perguntou ela. — Achou que podia me enganar?

Atrás dela, Michael estava com a arma na mão. Ele rolou para o lado. E mirou.

— Nunca esperei que você acreditasse em mim — falei. — Nem que me deixasse viva. Só precisava que você me ouvisse. Ela me encarou, os olhos arregalados. Um tiro soou. Depois mais dois, três, quatro, cinco tiros. E foi então que minha tia Lacey caiu no chão, o corpo estendido ao lado de Genevieve. *Morta.*

# PARTE CINCO:
# DECIDIR

# Capítulo 38

**Michael ficou duas semanas no hospital.** Já Dean foi liberado em dois dias. Mas mesmo quando já estávamos em casa, mesmo depois que o caso já tinha sido encerrado, nenhum de nós tinha realmente conseguido se recuperar.

Genevieve Ridgerton tinha sobrevivido... mas foi por um triz. Ela se recusou a ver qualquer um de nós, principalmente eu.

Michael ainda tinha meses de reabilitação pela frente. Segundo os médicos, talvez ele nunca mais conseguisse andar sem mancar. Dean praticamente ainda não tinha trocado nenhuma palavra comigo. Sloane não conseguia falar nada além de como era improvável uma assassina em série conseguir ser aprovada nas avaliações psicológicas e verificações necessárias para entrar para o FBI, mesmo com nome inventado. Já eu estava processando o fato de que Lacey Locke, nascida Hobbes, era minha tia.

Ficou comprovado que a história dela era verdade. Ela e minha mãe nasceram e foram criadas nas redondezas de Baton Rouge, apesar de com o tempo terem perdido o sotaque. O pai delas, Clayton Hobbes, chegou a ser condenado duas vezes por agressão física, uma dessas vezes contra a esposa, que fugiu quando minha mãe tinha nove anos e Lacey, três. As garotas frequentaram a escola até estarem com dez e dezesseis anos, mas em algum ponto no meio do caminho o sistema educacional acabou deixando-as escapar.

As duas cresceram no inferno. Minha mãe conseguiu fugir. Lacey, não.

O FBI comparou os homicídios cometidos por Lacey com casos em que a equipe de Briggs havia trabalhado e descobriu pelo menos mais cinco que encaixavam no padrão. Era só os agentes viajarem para investigar um caso que Lacey se afastava e, em algum lugar a uns setenta ou oitenta quilômetros de distância, alguém desaparecia. Morria. E se fosse registrada uma denúncia, não chegava aos ouvidos do FBI, porque, visto isoladamente, o crime não parecia ser em série.

A mulher que se autodenominava Lacey Locke estava atenta a fronteiras estaduais. Nunca matou duas vezes no mesmo estado… até eu entrar no programa dos Naturais. Foi aí que ela subiu o nível, cometeu uma série de homicídios em Washington conforme ficava cada vez mais obcecada por mim.

Pelo menos quatorze pessoas estavam mortas, e a filha de um senador tinha sido sequestrada e gravemente ferida. O caso era um pesadelo não só para o FBI… para nós também. A proibição de participação dos Naturais em casos ativos voltou mais forte do que nunca. Dessa vez, o diretor Sterling deu um jeito de manter nossos nomes fora das notícias — segundo ele, as pessoas só precisavam saber que a assassina estava morta.

Minha tia estava morta.

Assim como a minha mãe.

Já tinham se passado duas semanas desde que Michael puxara o gatilho e eu ainda via aqueles últimos momentos sem parar na minha cabeça. Me sentei próximo à piscina, coloquei os pés na água e fiquei me perguntando o que aconteceria em seguida.

Para onde eu iria depois dali?

— Se você vai sair do programa, sai. Mas, pelo amor de Deus, Cassie, se for ficar, para de se arrastar pelos cantos como se o seu gatinho estivesse com câncer e se mexe, faz alguma coisa.

Me virei e dei de cara com Lia de pé ao meu lado. Era a única que não acabou mudando como consequência de toda aquela situação. De certa forma, era quase reconfortante saber que eu podia contar com ela para me manter como era antes.

— O que você quer que eu faça? — perguntei, tirando os pés da água e me levantando para ficarmos frente a frente.

— Você pode começar se livrando daquele batom Rosa Vermelha que eu te dei — disse Lia. É lógico que ela sabia que eu ainda o tinha, que levava o que ela tinha me dado para onde quer que fosse desde que encontrei um Rosa Vermelha antigo, usado até o fim, na mão da minha tia na noite em que ela morreu. Pelo visto, aquela era a cor preferida da minha mãe desde que era uma garotinha. Lacey o guardou por todos aqueles anos.

Era isso que ela tinha no bolso.

Era o que ela estava segurando enquanto eu inventava aquela história da morte da minha mãe.

O FBI chegou a encontrar mais doze batons em um armário na casa dela. Lembrancinhas que ela guardava de cada uma das vítimas. Não passava de uma irmãzinha doida para ser como a irmã mais velha, roubando o batom dela e usando-o até o final.

Foi ela quem deu a maquiagem a Lia. Ela tinha comprado um Rosa Vermelha novo só para mim, e Lia fez exatamente o que ela tinha em mente. Agora que tudo aquilo tinha acabado, eu devia ter jogado o batom fora, mas não consegui. Era um lembrete: das coisas que minha tia havia feito, do que eu tinha sobrevivido, da minha mãe e do fato de que Lacey e eu tínhamos entrado para o FBI na esperança de encontrar seu assassino.

Um assassino que ainda estava por aí. Um assassino que nem mesmo uma agente psicótica e obsessiva conseguiu encontrar. Desde que entrei para o programa, eu tinha ganhado e perdido uma mentora e testemunhado a única outra parente viva da minha mãe morrer baleada. Consegui ajudar a deter uma assassina que estava havia anos recriando a morte da minha mãe… mas não estava mais perto de encontrar o monstro que a tinha matado. E talvez nunca tivesse respostas.

Talvez o corpo dela nunca fosse encontrado.

— E aí? — Lia tinha feito uma ótima imitação de pessoa paciente, mas já estava de saco cheio de ficar esperando pela minha resposta. — Está dentro ou não está?

— Não vou a lugar nenhum — falei. — Estou dentro, mas vou ficar com o batom.

— Grrrr. — Lia fez um gesto como se estivesse arranhando alguma coisa. — Alguém finalmente botou as garrinhas de fora.

— É — falei, seca. — Também te amo.

Me virei para entrar em casa, mas a voz de Lia me fez parar na metade do caminho.

— Não estou dizendo que gosto de você. Não estou dizendo que vou parar de tomar seu sorvete e roubar suas roupas, e também não estou dizendo que não vou fazer da sua vida um inferno se você mexer com Dean... mas eu não gostaria que você fosse embora. — Lia passou por mim, virou na minha direção e abriu um sorriso. — Você deixa as coisas interessantes. Além do mais, até que gosto da ideia de Michael estar cheio de feridas de guerra... fazer seja lá o que eu estiver a fim de fazer com ele vai ser bem mais gostoso sabendo que você está no mesmo corredor.

Lia entrou em casa. Pensei nas cicatrizes que Michael teria quando se recuperasse, pensei no beijo, no fato de que ele quase morreu por mim... e pensei em Dean.

Dean, que não se perdoou por não ter conseguido puxar o gatilho.

Dean, que tinha um pai tão monstruoso quanto minha tia.

Semanas antes, Lia me disse que todo mundo daquela casa era totalmente ferrado até o último fiapinho de cabelo. Todos ali tínhamos uma cruz para carregar. Víamos coisas que outras pessoas não viam, coisas que pessoas da nossa idade nunca deveriam ver.

Dean nunca seria só um garoto... seria sempre o filho do assassino em série. Michael seria sempre a pessoa que baleou minha tia. E parte de mim nunca deixaria para trás o camarim coberto de sangue da minha mãe, assim como outra parte estaria sempre naquele esconderijo, com Lacey empunhando a faca. Nós nunca seríamos como as outras pessoas.

— Não sei o que a porta dos fundos fez pra você — disse uma voz divertida —, mas posso te garantir que ela está profundamente arrependida.

Michael deveria estar na cadeira de rodas, mas já estava tentando andar de muletas... um feito impossível, considerando que ele também havia levado um tiro no ombro.

— Não estou olhando feio pra porta dos fundos — falei.

Michael ficou arqueando a sobrancelha até eu ceder.

— Tá bom — falei. — Talvez eu estivesse olhando feio pra porta. Não quero falar sobre isso.

— Assim como não queria falar daquele beijo? — A voz de Michael estava leve, mas aquela era a primeira vez em que um de nós tocava no assunto daquele momento no meu quarto.

— Michael...

— Não. — Ele me interrompeu. — Se eu não estivesse com tanto ciúme de Dean, eu não acreditaria nem por um segundo na sua história. Mesmo do jeito que foi, eu não acreditei por muito mais do que aqueles minutos.

— Você veio atrás de mim — falei.

— Eu sempre vou atrás de você — disse ele, arqueando as sobrancelhas de um jeito que fez suas palavras soarem mais como uma piada do que como uma promessa.

Alguma coisa me fez pensar que eram as duas coisas.

— Mas você e o Redding têm algum lance. Não sei o que é, e não te culpo por isso. — Como ele estava de muletas, não tinha como se inclinar na minha direção. Não podia esticar a mão e tirar o cabelo do meu rosto. Mas algo no jeito como curvou os lábios conseguiu ser mais íntimo do que qualquer toque. — Aconteceu muita coisa. Você tem muita coisa em que pensar. Eu sei ser um homem paciente, Colorado. Um homem paciente incrivelmente bonito, maliciosamente ferido, dolorosamente corajoso.

Revirei os olhos, mas não consegui conter um sorriso.

— Pode levar o tempo que precisar. Entenda o que está sentindo. Entenda se Dean te faz sentir o mesmo que eu faço, se ele vai deixar você se aproximar e se você quer que ele deixe, porque, da próxima vez que meus lábios tocarem nos seus, da próxima vez que você estiver agarrando meu cabelo... a única pessoa em quem você vai estar pensando sou eu.

Fiquei olhando para Michael e me perguntando como era possível eu instintivamente conseguir entender os outros, suas personalidades, suas crenças, seus desejos, mas, quando o assunto era o que *eu* queria, eu me tornar como qualquer outra pessoa, enrolada, confusa e tropeçando nas minhas próprias pernas.

Eu não sabia o que significava minha tia ter sido uma assassina, nem o que eu sentia por ela estar morta.

Eu não sabia quem tinha matado a minha mãe, ou o que tê-la perdido e não ter conseguido pôr um ponto final nessa história tinha me causado. Não sabia se eu era capaz de deixar outra pessoa se aproximar. Não sabia se era capaz de me apaixonar por alguém.

Eu não sabia o que queria ou com quem queria ficar.

Mas enquanto estava ali, olhando para Michael, a única coisa que eu sabia, do jeito como sempre sabia as coisas sobre os outros, era que, mais cedo ou mais tarde, fazendo parte daquele programa — fazendo parte daquela *equipe* —, eu ia acabar descobrindo.

# Agradecimentos

Talvez *Academia dos casos arquivados* **tenha sido** o livro mais desafiador e gratificante que já escrevi. Sou grata por ter tido a oportunidade de unir meu amor por psicologia e meu conhecimento de ciência cognitiva à minha paixão por livros para jovens, e tenho uma dívida enorme de gratidão com as muitas pessoas que me ajudaram no caminho.

Um extraordinário agradecimento a minha editora, Catherine Onder, cuja paixão por este projeto e cujo olhar apurado me ajudaram a tornar este um livro que eu não conseguiria escrever sozinha. Minha agente, Elizabeth Harding, que me acompanha a cada passo de uns doze livros até agora, e me sinto sempre sortuda de tê-la ao meu lado. Minha agente no Reino Unido, Ginger Clark, e todo mundo da Quercus Books têm sido grandes apoiadores desde a concepção deste projeto: sou muito grata por ter equipes tão incríveis trabalhando por trás do livro nos dois lados do oceano. E, claro, devo um agradecimento enorme a todo mundo da Hyperion, inclusive Dina Sherman (por, dentre outras coisas, conseguir acompanhar meu ritmo!). Agradeço também a minha agente de cinema, Holly Frederick, e a Lorenzo De Maio por fazerem perguntas que me permitiram ir mais longe nesse mundo.

Escrever este livro envolveu muitas pesquisas. Tenho dívidas específicas com as memórias do perfilador do FBI John Douglas e à pesquisa empírica de Paul Ekman, Maureen O'Sullivan, Simon Baron-Cohen e muitos outros.

Como escritora — e como pessoa —, fui abençoada com uma rede de apoio incrível, e nunca precisei contar tanto com eles pela minha sanidade quanto na escrita e edição deste livro. Um grande agradecimento a Ally Carter, minha extraordinária melhor amiga, por me fazer desviar de tantos penhascos e por ter lido uma das primeiras versões deste livro. Agradeço também a Sarah Cross, Sarah Rees Brenna, Melissa Marr, Rachel Vincent, BOB e tantos outros pela amizade e apoio ao longo dos altos e baixos do mercado editorial e do processo criativo.

A escrita e revisão deste livro ocupou o último ano do meu PhD e meu primeiro ano como professora universitária. Agradeço aos meus colegas e orientadores da Yale e a todos do departamento de psicologia da Universidade de Oklahoma por serem tão receptivos no meu primeiro ano como professora... e por apoiarem tanto os meus livros! Também gostaria de agradecer aos meus incríveis alunos, principalmente os das minhas turmas de Ciência Cognitiva da Ficção e de Escrevendo Ficção para Jovens, na primavera passada. Dar aula para vocês tem sido uma experiência maravilhosa, e sou uma escritora melhor por isso!

Por fim, obrigada, como sempre, a minha incrível família. Mãe, pai, Justin, Allison e Connor, eu amo vocês mais do que as palavras são capazes de expressar.

Este livro, composto na fonte Fairfield,
foi impresso em papel Ivory Slim 65g/m² na gráfica São Francisco.
São Paulo, Brasil, maio de 2025.